はっけよい！雷電

吉橋通夫

講談社

ふわっと体を持ちあげられた気がした。

目をあけたら、だれかのうでの中にいた。見るからに太いうでだ。松の根っこみたいに、筋肉《きんにく》が盛《も》りあがっている。

太郎《たろう》は、その長くて太いうでで、ぎゅっとだきしめられているのだ。

——えっ、どうして？

たしか、ついさっきまで、土俵下《どひょうした》で相撲《すもう》を観《み》ていたはず。

思いだした。

長野《ながの》からやってきた相撲オタクのじいちゃんとふたりで、朝はやくに両国国技館《りょうごくこくぎかん》へ行った。相撲ははじまっているのに、気のどくなほどのガラ空き。

ぜんぶで五、六十人の観客は、みんな前のほうの観やすい席にすわっている。朝のはやいうちは、自分のキップとはちがうところにすわってもだいじょうぶみたいだ。

太郎たちも、二階席のキップだったけど一階のマス席にすわって、力士たちに声援《せいえん》を送った。

ところが、取組が進んで昼前になっても、土俵《どひょう》のすぐ下の「砂《すな》かぶり」という席は、やっぱりガラ空き。ならべられたざぶとんが、人待ち顔でさびしそうだ。

太郎とじいちゃんは、遠慮《えんりょ》しながらだけど、とうとう砂かぶり席のいちばん前まで移動《いどう》してしまった。

すると、座席《ざせき》案内の女の人が近づいてきた。

あわてて腰《こし》をあげかけたとき、仕切っていた力士が制限《せいげん》時間よりはやく立ちあがった。土俵上でバチッと体と体がはげしくぶつかりあう。

力士の取組中は、座席の移動は禁止《きんし》だ。座席案内の人が足を止めたので、太郎とじいちゃんも、あげかけた腰をおろした。

土俵上では突《つ》っぱりあいのあと四つに組み、寄《よ》り立《た》てられて、こちらの土俵ぎわにつまった力士がふんばる。背中《せなか》を弓なりにそらしながらも、思いきりふりまわすようなうっちゃりをはなった。

うっちゃられた力士が、ふっ飛んで、太郎のほうへせまってくる。
「うわっ。」
どさっと落ちてきた力士のまわしが、太郎の頭にゴッとぶつかった。
ぶつかったとたんに、気が遠くなった。
まっ暗なトンネルの中を、体がすごいスピードで、
うしろへうしろへと引っぱられていく。
そして、なにもわからなくなった。
気がついたら、太いうでの中にいたのだ。

はっけよい！　雷《らい》電《でん》

もくじ

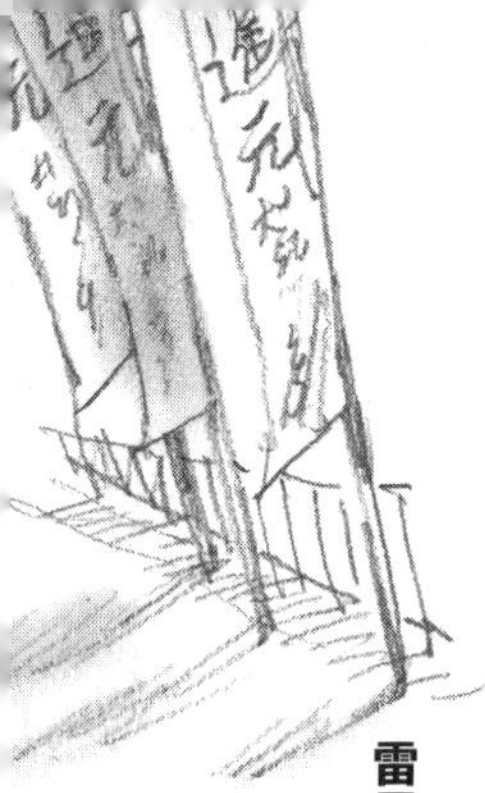

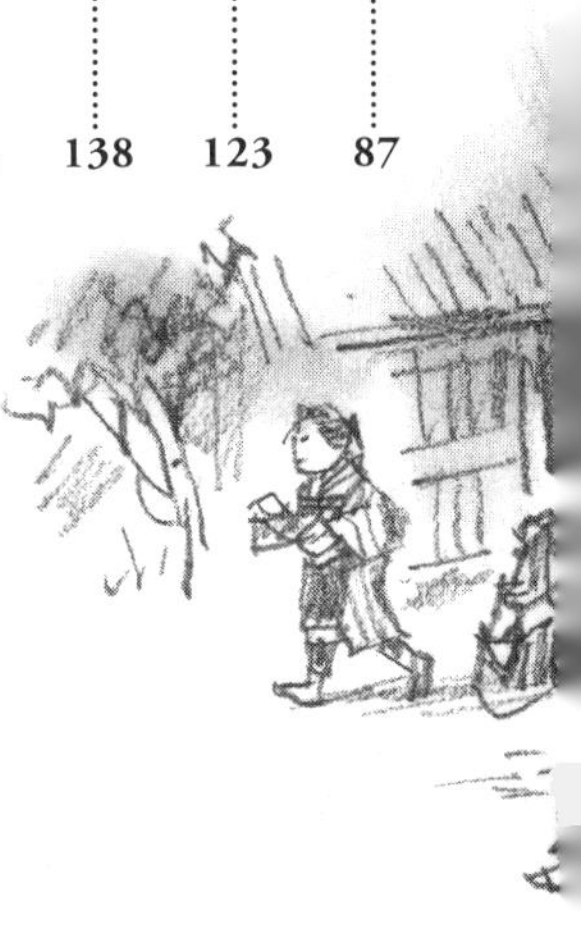

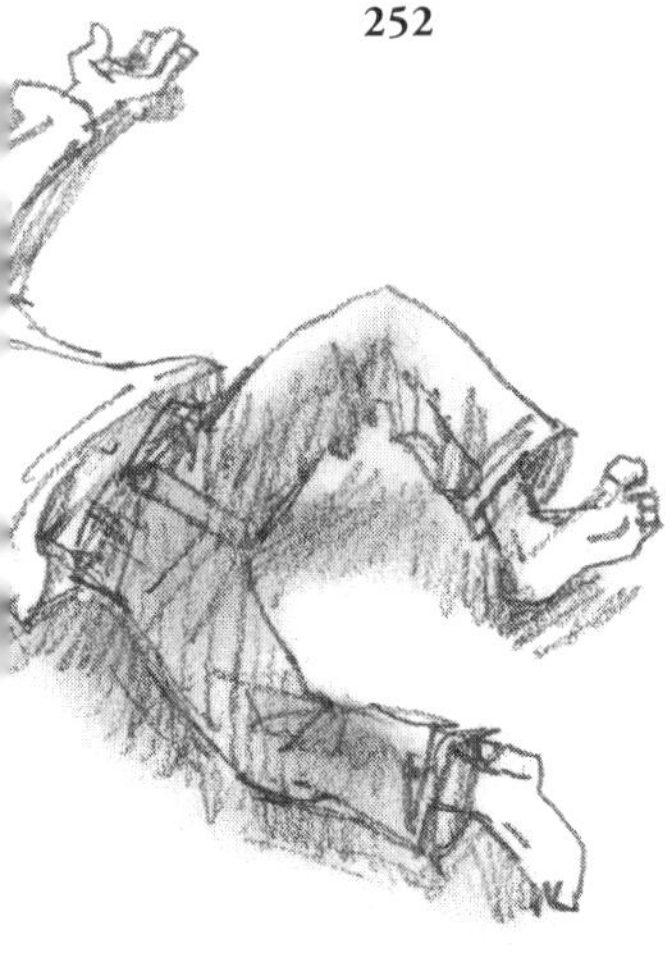

イラスト◎佐藤真紀子　ブックデザイン◎城所潤(ジュン・キドコロ・デザイン)

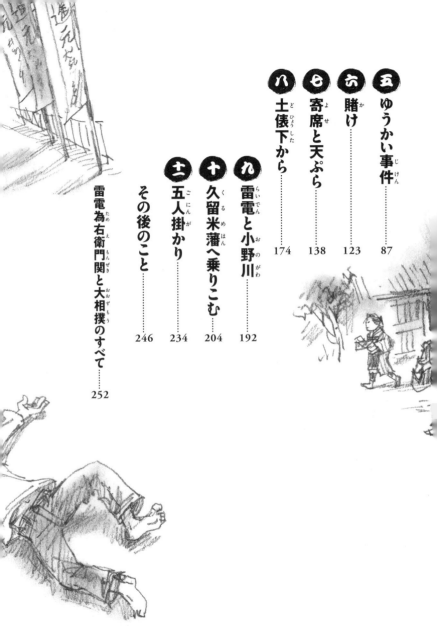

一 時の迷《まよ》い人《びと》

1

——いったい、だれにかかえてもらっているのだろう。

うでのあいだから顔を見たら、うっちゃられてふっ飛んできた力士ではない。

とにかく、あごが大きい。四角くて横に広いし、たてにも長い。じつに、りっぱなあごの持ち主だ。

じいちゃんをさがしたけど、どこにもいない。いるのは、ちょんまげを結《ゆ》った着物すがたの人たちばかり。

——なんかへんだな？

建物の天井《てんじょう》がなくて、頭の上には青空がひろがっている。

それに、土俵《どひょう》のまわりには四本の赤い柱がある。あんな柱は、国技館《こくぎかん》にはなかった。

ここは、さっきまでいた東京《とうきょう》の国技館とは、ちがう場所のようだ。

太郎《たろう》をかかえた力士は、観客のあいだにある通路を足ばやに進んでいく。

すると、「らいでーん。」「ためえーもん。」と、観客のかけ声が飛んできた。みんな、こちらを見ながら手をふっている。

りっぱなあごの持ち主は、どうやら「らいでん　ためえもん」という力士らしい。

そんな名前の力士、いたかな？　横綱《よこづな》や大関《おおぜき》にはいないし、十両《じゅうりょう》か幕下《まくした》かもしれない。

とにかく聞いたことのない名前だ……と思っていたら、はっと気づいた。

聞いたことがある。しかも何度も！

じいちゃんが、よくじまん話をしていた。

「わが信州《しんしゅう》の英雄《えいゆう》、雷電為右衛門《らいでんためえもん》は、二十一年間も相撲《すもう》を取っていたのに、負けたのは、たった十番だけ。二百五十四勝もしているだで、勝率《しょうりつ》は九十六・二パーセントだ。」

一瞬《いっしゅん》、「じいちゃん、すごい計算力。」と思ったけど、そのパーセントは前からおぼえていたみたいだ。

「六十九連勝で有名な双葉山《ふたばやま》の勝率は、八十パーセントと少し。幕内優勝《ゆうしょう》回数がトップの横綱白鵬《はくほう》でも、八十五、六パーセントだで。雷電の九十六・二パーセントは、江戸《えど》時代から現代《げんだい》までのすべての力士の中で、断《だん》トツだな。まさに史上最強の力士ずら。」

これだけ数字がスラスラ出てくれれば、だいじょうぶだ。じいちゃんは、まだまだ、ぼけない。

「雷電は、相撲《すもう》が強いというだけではねえ。読み書きも達者で、二冊《さつ》の『雷電日記《らいでんにっき》』を残しているし、当時の武士《ぶし》が学んでいた『四書五経《ししょごきょう》』という中国《ちゅうごく》の古典も身につけている。文武両道《ぶんぶりょうどう》のあっぱれな力士だったのさ。」

じいちゃんは、「雷電が生まれてから二百五十年だ。」ともいっていた。

いまから二百五十年も前なら、江戸時代だ。江戸時代に生まれた人が、いまの世にいるはずがない。このりっぱなあごの持ち主は、いったいだれだろう。

そして、ここは、どこ?

あらためてあたりを見てみる。

人でびっしりうまった広い平土間《ひらどま》の見物席のまわりを丸くかこむように、二階席と三階席がある。そこも見物人でいっぱいだけど、階段《かいだん》がない。はしごが、いくつかたてかけてある。そのはしごに足をかけて、おりようとしている人のすがたも見える。

――えっ、階段《かいだん》のかわりに、はしごを使って上り下りするの？

ここは、太郎が生きている世界とは、ちがうところかもしれない。

気を失ったまま、夢《ゆめ》でも見ているのだろうか。

いや、右肩《みぎかた》のうしろに、きりりと痛《いた》みがある。

――もしかして、いま自分をかかえてくれているのは……。

思いきって、りっぱなあごの持ち主に聞いてみた。

「あなたは、江戸時代の力士、雷電為右衛門さんですか。」

「おっ、気がつきやしたか。」

どっしりと落ち着いた声がした。りっぱなあごににあわず、おだやかな話し方だ。

八の字まゆで、目は下がりぎみの二重《ふたえ》まぶた。なにがあっても、けっしておこらないようなやさしい顔をしている。

「いかにも、ここは江戸で、わしは雷電為右衛門でござんす。」

「ええっと、勝率《しょうりつ》九十六・二パーセントで、文武両道《ぶんぶりょうどう》のあっぱれな力士ですか。」

二重まぶたの下がり目が、ぽちぽちとまばたきした。

「はあ、まあ、あっぱれな力士になりたいとは思っておりますが。」

「いまは、何年ですか。」

「寛政《かんせい》九年、徳川家斉公《とくがわいえなりこう》の御代《みよ》でござんす。」

徳川なら、やっぱり江戸時代だ。いま自分がいるのが、二百何十年も前の江戸時代だなんて、信じられない！

なにかのまちがいに決まっている。

あのまっ暗なトンネルのせいだ。トンネルに入りこんで、体がうしろへうしろへ引っぱられて……。

あのトンネルって、もしかしてタイムトンネル？

気を失っているあいだに、江戸時代へつづくタイムトンネルへ入りこんでしまったのだろうか。

——こ、こんなことがほんとうにあるなんて！

テレビや本でしか知らなかったタイムスリップというできごとが、いま実際《じっさい》に太郎の身に起きている。

胸《むね》はドキドキだし、頭もクラクラしはじめた。

「苦しいことはありませんか。痛《いた》みはどうでごわしょ。もう少しのしんぼうです。いま、治療所《ちりょうじょ》へ連れていきやすから。」

「ぼ、ぼくは、あなたの下敷《したじ》きになっていたのですか。」

りっぱなあごが、かすかに横にふられる。まわりに聞かれたらこまるかのように、ひそひそ声がかえってくる。

「わしが突《つ》きたおした相手が土俵下《どひょうした》へふっ飛んで、気を失ったんですよ。その力士をかかえあげて戸板にのせたら、下におまえさんがのびていたというわけでござんす。」

雷電の話し方が、ていねいだ。こっちは子どもで、むこうは有名な力士なのに。

はっとして、自分のすがたを見なおしてみた。

——これかもしれない。

太郎は、江戸時代の人たちとはちがうかっこうをしている。頭は丸がりで、長そでTシャツにジーパン。そのすがたを見て雷電は、なにかわけありの人間だと思ったのだろう。太い両うでで太郎の体をかくすようにして運んでいく。まるで、ほかの人には見られたくないみたいに。

太郎は自分がクツをはいていないことに気づいた。じいちゃんといっしょに砂《すな》かぶり席《せき》の横に、ぬいだままだ。

「午前中に相撲《すもう》見物に来るのは、常連客《じょうれんきゃく》ぐらいでねえだかい。みんな、自分の席よりも前のほうにすわっているみてえだけど、きっと相撲協会《すもうきょうかい》も、熱心なファンをたいせつにしてお目こぼしをしているだよ。おらたちも前へ行かせてもらうべえ。前のほうで、応援《おうえん》するほうが、力士たちも張《は》りきるんではねえだかい。」

と砂《すな》かぶり席《せき》にすわったら、力士が土俵下《どひょうした》へふっ飛んできた。よけようとしたけど、力士のまわしが頭に当たって気を失ったのだ。

気を失ったとたんに、タイムトンネルの中へ入りこみ、江戸時代へ来てしまったらしい。信じられないけど、こんなことって、あるんだ。実際《じっさい》にいま自分が、そうなっているのだから……。

じいちゃんは、どうしているかな。

きっといまごろ、「太郎が消えた！」と大さわぎをしているだろう。じいちゃんの大さわぎが国技館中にひろがっているかもしれない。

太郎の家は古くからつづいている天ぷら屋で、きょうは、宴会《えんかい》の予約が入っていたから、父さんと母さんはいそがしい。じいちゃんが知らせても、すぐに国技館まで飛んでくるわけにはいかない。

――いつ、もとの世界へもどれるのだろうか。

大きな「はてなマーク」が、頭の中いっぱいにひろがる。

いったいどうやって、もどればいいのだ？

タイムスリップからもとの世界へもどったテレビや本の物語を、いっしょうけんめいに思いだしてみる。

そうだ！

もどるためには、来たときとおなじ状態《じょうたい》になればいいんだ。

力士の下敷《したじ》きになって気を失って、タイムトンネルへ入りこんだのだから、また下敷きになって気を失えば、もどれるかもしれない。確率《かくりつ》は何パーセントかわからないが。

「おのがわー。」「かしわどー。」と観客の声援《せいえん》が飛んでいるから、まだ土俵《どひょう》上《じょう》では取組がおこなわれているようだ。

「雷電さん。すみませんが、ぼくを土俵下へもどしてもらえませんか。」

だが、りっぱなあごが横にふられた。

「そのかっこうでは、人目に立ちすぎてあぶないです。」

なにがどうあぶないのかわからない。

「きょうの取組は、あと何番あるのですか。」

「いま仕切っている小野川関《おのがわぜき》と柏戸関《かしわどぜき》の一番が、結びでござんす。」

だったら、きょう中に、もう一度下敷《したじ》きになるのはむりかもしれない。

雷電が太郎をかくすようにかかえなおす。

「どうか、そのまま静かにしていておくんなんし。」

と観客席の外へ出た。

かわら屋根のりっぱな建物が目につく。あちこちに小さなお社《やしろ》も建っている。どうやらここは、どこかの神社の境内《けいだい》らしい。

じいちゃんが、「江戸時代には、お寺や神社の広い境内に仮小屋《かりごや》を建てて、相撲興行《すもうこうぎょう》をしていた。」といっていた。じいちゃんは、太郎の母さんの父親で、とにかく相撲にくわしい。祖先《そせん》には、「吉の岩《よしのいわ》」という前頭筆頭《まえがしらひっとう》まであがった力士がいたとも聞いた。じいちゃんの祖先なら、太郎の祖先でもある。

鳥居《とりい》をくぐり、境内の外へ出て少し行ってから、板ぶき屋根のがっちりした建物の中へ運びこまれた。

にがそうな薬のにおいが、つーんと鼻をさした。

2

おくの部屋から出てきた白いあごひげの人に、雷電が頭をさげる。

「順安《じゅんあん》先生、よろしくお願いいたしやす。」

「治療台《ちりょうだい》へ寝《ね》かせてくんな。」

いかにも医師《いし》という感じで、お坊《ぼう》さんが庭掃除《にわそうじ》などをするときの作務衣《さむえ》とかいうものを着て、髪《かみ》はうしろへ引っぱりあげ、たばねてくくってある。

治療台の上の太郎を見たとたん、順安先生という医師は、

「おどろきモモの木サンショの木だぜ。この子も、『時の迷《まよ》い人《びと》』かい。」

とあごひげをしごいた。

太郎は、学校のクラブ活動で、古典落語を練習している。だから、ほんものの江戸っ子らしいしゃべり方と出会って、少しわくわくした。社会科の調べ学習では、「江戸町人の一日」を巻紙《まきがみ》にまとめたこともある。

順安先生が雷電に問いかける。

「だれかに、気づかれたようすはなかったかい。」

「だいじょうぶでござんす。見物人の目にはふれないようにして、大急ぎで連れてまいりやした。」

「この前、時の迷い人《まよいびと》が来たのは、たしか寛政五年だったな。」

「はい。四年前、おなじ江戸大相撲《おおずもう》の十月場所のときでござんした。」

——えっ、そうなんだ！

四年前にもだれかがタイムスリップして、ここへ来たことがあるらしい。

「上をぬぎな。」

いわれるままに長そでTシャツをぬぐ。順安先生の指が、太郎の顔を注意深く見ながら体のあちこちを軽くおさえていく。痛《いた》いところをさがしているようだ。うつぶせにされて右肩《みぎかた》をおさえられたとき、うぐっと声がでた。

「骨《ほね》は、でえじょうぶだな。肩のほかに痛《いて》えところはねえかい。」

「はい、ありません。」

「こいつは何本ある？」

目の前で人差し指と中指をたてる。

「二本です。」

「自分の名前と年齢《ねんれい》をいってみな。」

「吉田太郎《よしだたろう》。十二歳《さい》。」

「やはり『時の迷い人《まよびと》』だな。ちゃんと苗字《みょうじ》まで名乗るじゃねえか。」

そういえば、江戸時代に苗字を持っているのは武士《ぶし》で、たいていの町人は、下の名前だけだった。

「よしっ、頭は異常《いじょう》なさそうだな。肩《かた》に痛《いた》みどめのつけ薬でもはっておきゃ、でえじょうぶだろうよ。」

体を起こし、治療台《ちりょうだい》の上にすわっていると、いきなりうしろから肩につめたいものが押《お》しつけられた。「つけ薬」とかいうものをはってくれたらしい。

順安先生も雷電も太郎の前にいるのに、いったいだれがはってくれたのか……とふりむいたら、女の人がいた。灰色《はいいろ》の作務衣《さむえ》を着て、頭には手ぬぐいをかぶっている。

そのすがたを見たとたんに、ぴぴっとなにかが背筋《せすじ》を走った。

――なんだ、この「ぴぴっ」は？

どこかで会ったことがあるのだろうか。いや、ここは江戸時代だ。十六、七に見えるこの女の人と、会ったことがあるなんて、ありえない。

なぜか、女の人のほうも、二重《ふたえ》まぶたの大きな目をいっぱいに見ひらいて、じっと太郎を見つめている。やっぱりなにかを感じているようすだ。

あんまり見つめあいすぎて、ちょっと気まずくなったので、こんなときに定番《ていばん》の言葉を口にした。古典落語の練習でおぼえた江戸っ子のしゃべり方をまねて。

「おいらの顔に、なにかついているのでござんすか？」

女の人は、首を大きく横にふった。そして、ひとことも発しないまま、おくの部屋へ消えた。もっと話してみたかったのに……。

順安先生に聞いてみる。

「あの人は、先生のむすめさんですか。」

「はるかは、耳は聞こえるけど声が出せねえんだ。身《み》よりのねえむすめでな、わしが預《あず》かっているのさ。それより、太郎吉《たろきち》っていったな。おめえ、どうして江戸者《えどもの》みてえなしゃべり方ができるんだ。」

——太郎吉ではなくて、太郎なんですけど……。

「落語の練習をしているからでござんす。」

江戸大相撲《おおずもう》が行われていた芝神明宮《しばしんめいぐう》のすぐ近くの治《ち》療《りょう》所《じょ》で。
右手前の雷電から時計まわりに、順安先生、はるかさん、太郎。

「ラクゴたあ、なんだ。」

落語クラブの先生から「落語」という言葉は、明治時代《めいじじだい》になってから定着したと教えてもらったことがある。江戸時代は、たしか「おとしばなし」といっていたとか。

「おとしばなしのことでござんす。おいらは、長屋《ながや》の熊《くま》さんや八《はっ》つぁんのしゃべり方をまねしているだけでござんすよ。」

なんか、「ござんす」の安売りみたいになった。

太郎は、あわてんぼうで、おっちょこちょいだ。古典落語では、おっちょこちょいで、よく失敗する人を、「そこつ者」という。落語が好きなのは、自分みたいなそこつ者が登場するからだ。

「へええっ、長屋の熊さんや八つぁんね。」

順安先生と雷電が、おもしろそうに顔を見あわせながら相談をはじめる。

「ところで、この『時の迷い人《まよびと》』を、どうするかい。」

「いったいこの子は、なにゆえこっちの世界へ迷いこんできたんでごわしょ。」

——なにゆえって……理由を知りたいのは、こっちでござんす！

「さあてね。われわれには、はかりしれぬことさ。」

順安先生がつづける。

「いずれにせよ、ほかの者には、けっして知られちゃならねえ。」

雷電のりっぱなあごが、大きくうなずく。

「はい。前のようなことがあってはなりません。」

「時の迷い人《まよびと》を二度とあんな目にあわせたくはねえからな。この子は、わしとおぬしが責任《せきにん》をもって守りぬくしかあるめえ。」

四年前にタイムスリップした人は、なにかたいへんな目にあったようだ。

「順安先生のところは目をつけられているし、わしが、親戚《しんせき》の子どもということにして預《あず》かりやしょうか。」

「そうしてくれるかい。」

雷電が、てれくさそうに左手であごをなでる。

「じつは、わしの本名は太郎吉ってんです。」

「そうだったのかい、太郎吉《たろきつ》つぁん。」

「はい。ですから、この子は身内みたいな気がしてなりやせん。」

そうか、相撲取《すもうと》りとしての四股名《しこな》が「雷電為右衛門」で、本名は「太郎吉」なんだ。

「あの……はい！」

と太郎は片手《かたて》を高くあげ、本人をほったらかしにしてどんどん進んでいく話に、口をはさんだ。

「ぼくのことをいろいろ考えてくれているみたいですが、質問《しつもん》があります。」

「なんでもいってみねえ。」

「前にもここへ『時の迷《まよ》い人《びと》』が来たんでしょうか。」

順安先生の白いあごひげがうなずく。

「ああ……四年前に、山川英二《やまかわえいじ》さんという二十八歳《さい》の人が迷いこんできちまったのさ。」

「その人も、力士の下敷《したじ》きになっていたのですか。」

今度は雷電のりっぱなあごが横にふられる。

「順安先生の治療所《ちりょうじょ》の前にたおれていたのを、わしが見つけたのでござんすよ。英二さんは、『ビョウインの前でジテンシャにぶつかって気を失った。』といっておりやした。」

英二さんという人も、気を失ったときにタイムスリップをしたらしい。気を失って入りこむタイムトンネルは、現代《げんだい》から江戸時代へつながっているようだ。

「その人に会わせてください。いまどこにいるのですか。」

順安先生が首を横にふる。

「もうこの世にはいねえよ。」

「もとの世界へ帰ったのですか。」

「いや……。」

順安先生が、少しいいよどんだ。

「英二さんは医師《いし》だったのさ。来てすぐに、江戸で大火事があってな、このあたりの住人たちの、やけどやけがの手当てをするのに、わしらの知らない新しい医術《いじゅつ》をほどこしてくれて、大いに助かったんだがな。」

お医者さんがタイムスリップした話は、マンガやテレビで見たことがある。

「英二さんは、人を喜ばせるのが好きな人でな。『侍《さむらい》がいばる世の中はいずれ終わる。』とか、『そのうち百姓《ひゃくしょう》も町人も職人《しょくにん》も武士《ぶし》もみんな平等になる。』とか、町人が聞けば大喜びするようなことを、平気で口にしていたのさ。」

侍の世の中が明治維新《いしん》で終わるのは、太郎だって知っている。

「英二さんのいったことは、ほんとうです。」

「ところが、この江戸でそんな話をすりゃ、ただじゃすまねえのさ。お上《かみ》の耳に入って、つかまえられちまってな。」

「お上《かみ》って……?」

「将軍《しょうぐん》をはじめ、幕府《ばくふ》やお役人をぜんぶひっくるめて、お上っていうのさ。英二さんは、小伝馬町《こでんまちょう》の牢屋敷《ろうやしき》へほうりこまれ、この治療所《ちりょうじょ》へもどされてきたときにゃ、もう息をしてなかったな。体中にみみずばれが走り、うでも足もまっ黒にはれあがっていたぜ。ありゃ、正座《せいざ》したひざの上に重い石をのせられたり、体を海老《えび》みてえに丸められてきつくしばられたり、ありとあらゆる拷問《ごうもん》で責《せ》められたにちげえねえ。」

もし太郎がお上につかまったら、拷問がこわくて、しゃべってはいけないことまで、つい口走ってしまう可能性《かのうせい》がある。自分も、英二さんとおなじ目にあうかもしれないと、思わず身ぶるいした。

「ひ……ひどい。」

「死体になってもどされてきたってえのに、『お上にさからい、人心をまどわし、世間をさわがす不届《ふとど》き者《もの》』ってんで、お経《きょう》をあげることさえ許《ゆる》しちゃもらえなかった。けどよ、このあたりの住人たちは、大火事のときに英二さんに手当てをしてもらった恩義《おんぎ》があるから、お上に知られねえように、はなれたお寺の墓地《ぼち》に、こっそりうめたのさ。」

太郎の小さな胸《むね》では、受けとめきれない話だった。

ただ、英二さんという人をそんな目にあわせた「お上《かみ》」に対して、許《ゆる》せない気持ちがこみあげてきた。

きっとお上は、侍《さむらい》の世の中が終わるといわれて腹《はら》をたて、「時の迷《まよ》い人《びと》」の口をふさいだのだろう。

ひどい拷問《ごうもん》を受けた英二さん。

もとの世界に、どれだけ帰りたかったことだろう。

江戸時代にタイムスリップしたばっかりに、命の火を消されてしまったのだ。

もし太郎が、英二さんよりも先に江戸にタイムスリップしていたら、殺されたのは自分だったかもしれない……。

二 とりかこまれて

1

「太郎吉《たろきっ》つぁん。よく、にあっておりますなあ。」

雷電《らいでん》が八の字まゆをさげて、ガハハと笑う。

その「太郎吉つぁん」という呼《よ》び方《かた》が、くすぐったい。だけど、胸《むね》がほわりとあたたかくなるようなひびきがある。

太郎《たろう》は決めた。

——おいら、ここにいるあいだは、雷電の本名とおなじ「太郎吉《たろきち》」って名前で通すことにしよう。

長屋《ながや》の熊《くま》さんや八《はっ》つぁんのまねをして、なるべく江戸《えど》の言葉を話すように心がけるんだ。そのほうが、お上《かみ》にあやしまれない。

「太郎吉つぁんは、どこから見ても『時の迷い人《まよいびと》』とは思えませんな。」

いま太郎は、「小坊主《こぼうず》」に変身している。

白衣の上にすみぞめの衣《ころも》を着て、足は白たびにわらじばき。これらは、順安《じゅんあん》先生が近くのお寺から借りてきてくれた。

長そでTシャツとジーパンは、だれかに見られたらまずいので、はるかさんが切ってぬいなおし、ぞうきんにしてくれることになった。

太郎の頭は丸がりだ。好きな落語家がつるつる頭なので、数日前に学校のクラブ発表会で、「よしっ、ぼくも思いきって。」と坊主頭にして高座《こうざ》にあがった。父さんや母さんには、「おまえはほんとうにそこつ者だね。もとどおりになるまで、何か月もかかるよ。」と笑われたが、じつにグッドタイミングだった。

小坊主に変身していれば、ちょんまげを結《ゆ》ってなくても、堂々と江戸の町を歩ける。お上《かみ》の目も、くらませられるってもんだ。

「太郎吉つぁんは、いいところにほくろを持っていなさる。」

「えっ、ほくろは持っているわけではありませんが。」

「ひたいのまんなかにあるのは吉相《きっそう》でごわす。かしこい人だともいわれておりやす。」

かしこいかどうかはわからないが、仏像《ぶつぞう》のひたいにもおなじようなものがあるので、クラスのともだちには「大仏君《だいぶつくん》」と呼《よ》ばれている。

だから、小坊主《こぼうず》すがたは、まさにぴったりなのだ。

雷電は、茶色の着物の上に、しまがらの長羽織《ながばおり》をぞろりと着ているだけで、手ぶら。まわしなどは、弟子《でし》が大きなふろしきにつつんで、先に運んだようだ。

太郎は、わらじというものをはじめてはいたけど、足にぴったりフィットして、土をふみしめられるのがいい。手ごたえならぬ「足ごたえ」を感じる。コンクリートの固い道路をクツで歩いているときより、ずっと楽しい。

「わしの家は麴町《こうじまち》十丁目。ここから一里あまりでござんす。日がくれるまでには着きますが、もし迷子《まいご》になったら、四谷御門《よつやごもん》の前にある力士長屋《ながや》と聞いておくんなんし。わかりやすいところでござんす。」

社会科の調べ学習で、江戸のことをあれこれ勉強したのが役に立つ。

一里は、四キロメートルほどで、歩くと一時間弱。四谷御門というのは、ＪＲの四ツ谷《よや》駅《えき》の近くだろう。相撲《すもう》の仮小屋《かりごや》が建っているのは、芝神明宮《しばしんめいぐう》の境内《けいだい》だと雷電が教えてくれた。

「だれかに声をかけられたら、なるべく江戸の言葉を使っておくんなんし。」

「へえ、わかりました。まかせておくんなさい。」

「その調子。なかなかでござんすよ。」

雷電は、一歩ずつのっしのっしと行く。たぶん、あとからついていく太郎のために、ゆっくり歩いてくれているのだろう。

「雷電の身長は一メートル九十センチをこえ、体重は百五十キロ以上」だと、じいちゃんがいっていた。ほんとうにでかくて、まうしろにいたら前が見えないので、横にズレて歩くことにした。

てんびん棒《ぼう》をかついだり、ふろしきづつみをせおったりしている人たちが、声をかけてくる。

「よう、雷電。きょうも勝ったんだってな。」

「小結《こむすび》の磐石《ばんじゃく》を突《つ》きだしで土俵下《どひょうした》へふっ飛ばしたってえ話じゃねえか。」

声をかけられるたびに、雷電はていねいに頭をさげる。

「ありがとうございんす。あしたも、力いっぱい相撲《すもう》を取るようにいたしやす。」

ときおり、太郎に声をかけるおばさんもいる。

「おやっ、小坊主《こぼうず》さん。雷電関のお知りあいかい。」

すかさず太郎は答える。

「へえ。親戚《しんせき》の者でござんす。」

もっとなにかしゃべりたいけど、ぼろが出たらまずいので、いつもの自分とちがって、できるだけ無口な小坊主でいることにした。

それにしても、雷電のイメージは「史上最強の力士」とは、ほど遠い。

八の字まゆげに二重《ふたえ》まぶたの、かわいらしい下がり目だし、言葉づかいはていねいだし、これっぽっちも、えらそうにしていない。

もとの世界へ帰ったら、じいちゃんに雷電のいいところをいっぱい教えてやれそうだ。

——じいちゃん、どうしているかな。

東京《とうきょう》の国技館《こくぎかん》からタイムスリップしたときは、お昼前だった。あれからもう、四、五時間はたっているだろう。

いまごろ父さんと母さんは、必死で天ぷらを揚《あ》げているはずだ。それとも、太郎が消えたと知らされて、国技館へかけつけているのだろうか。

なんとかしてはやく帰らなければ……。

人通りがとだえたとき、太郎は小走りで巨体《きょたい》の横にならんだ。

「雷電関。あした、おいらを土俵下《どひょうした》へ連れていってもらえませんか。」

「なにをしなさるつもりで？」

「もとの世界へもどれるかどうか……ためしに、力士の下敷《したじ》きになって気を失ってみたいのです。」

雷電が、ちょっと考えこんでから、ゆったりと言葉を返してきた。

「たしかに、それはやってみる値打《ねう》ちがありますな。ただ、ためしにやってみる程度《ていど》の軽い気持ちなら、やめたほうがようござんす。もし、打ちどころが悪ければ大けがをするし、へたをすると命を落とすことにもなりかねやせん。」

いわれてみれば、そのとおりだ。雷電みたいなダンプカーのような体が土俵の上からふってきたら、命があぶない。

「じつは英二《えいじ》さんも、治療所《ちりょうじょ》の前で、わざと大八車《だいはちぐるま》にぶつかったことがありやす。けれど、うまくいかず、腰《こし》を打って痛《いた》い目にあっただけでござんした。」

そうか、英二さんも、もとの世界へ帰るために、こちらへ来たときとおなじ状態《じょうたい》をつくろうとしたのだ。でも、自転車と大八車《だいはちぐるま》とはちがうから、失敗したのだろう。

太郎の場合は、土俵下《どひょうした》で相撲《すもう》を観《み》ていれば、まったくおなじ状態《じょうたい》になる可能性《かのうせい》がある。そこに希望をもとう。

「今場所の相撲は、いつまであるのですか。」

「きょうが八日目ですから、あと二日で千秋楽《せんしゅうらく》でござんす。」

「えっ、ひと場所十五日間とはちがうのですか。」

「江戸大相撲のひと場所は、晴天十日の興行《こうぎょう》でござんすよ。」

「晴天十日っていうと……。」

「相撲場には屋根がありませんから、雨がふれば休み。晴れの日だけ相撲を取って、十日めが千秋楽ということでござんす。」

「つぎの本場所は、いつからでしょう。」

「一年に二場所でござんすから、つぎは三月です。」

太郎が国技館でタイムスリップしたのは、九月の秋場所だった。

もう一度、しっかり確《たし》かめてみる。

「いまこちらは何年の何月何日ですか。」

「寛政《かんせい》九年の十一月五日でござんす。」

といわれても、寛政九年が西暦《せいれき》何年かわからない。

学校で習った社会科をいっしょうけんめいに思いだす。

江戸時代のはじまりは「ひとむれみちる江戸の町」だから、一六〇三年。明治維新《めいじいしん》は「いやむやのうちにご一新」だから、一八六八年。計算すると江戸時代は、二百六十五年もつづいたのだ。

その江戸時代の「寛政九年」は、どのあたりだったろう。江戸の三大改革《かいかく》は、「きょう、完成の、店舗《てんぽ》あり」だから、「享保《きょうほう》・寛政・天保《てんぽう》」の順番。最初の「享保の改革」がはじまったのが、江戸時代のまんなかごろなので、「寛政の改革」は、江戸時代の後期だろう。

ただ、あちらは九月だったのに、いまこちらは十一月。この二か月のズレは？

江戸時代へ来るために、実際《じっさい》に二か月もかかったとしたら、あちらの世界ではいま、どうなっているだろう。さんざん太郎をさがしたけど見つからないので、じいちゃんも、父さんも母さんもあきらめて、泣く泣くお葬式《そうしき》をすませ、お墓《はか》までつくって……。

なのに、太郎にとっては、きょうという一日が終わろうとしているだけだ。

朝から国技館へ行って江戸時代へタイムスリップして、いま雷電の家へ向かっている。まだ一日しかたっていない。もし二か月もすぎたのなら、坊主頭《ぼうずあたま》の毛が少しはのびているはずだけど、なにも変わっていない。

たぶん、あちらでは秋場所だったから、こちらでも秋場所なのだ。太郎を運んだタイムトンネルは、大相撲《おおずもう》の本場所に時をあわせて移動《いどう》させたようだ。

あすとあさって、千秋楽までの二日間のあいだに、時を飛びこすためのチャンスをつかみたい。

「雷電関。おいら、じいちゃんや父さんや母さんが心配しているから、はやくもとの世界へもどりたいんです。お上《かみ》につかまって英二さんのような目にあう前に、なんとしても帰りたいんです。」

りっぱなあごが、力強くたてにふられた。

「わかりやした。ただ、あすは雨もようでござんすよ。相撲は休みかもしれません。」

いわれてはじめて空を見あげた。

江戸の空は、いつのまにか厚《あつ》い雲におおわれはじめていた。どよんとした灰色《はいいろ》の雲が、なにか不吉《ふきつ》なものを感じさせた。

2

お寺や武家屋敷《ぶけやしき》らしい建物のあいだの坂道をのぼっていく。

正面に、白かべと黒い屋根がわらのお城《しろ》がどっしりとそびえたっている。

歩きながら雷電が説明してくれる。

「江戸城《えどじょう》には、天守《てんしゅ》がござんせん。」

「えっ、でも、ちゃんと見えていますよ。」

「あれは、本丸でござんす。天守は百四十年も前に明暦《めいれき》の大火で焼け落ちやした。」

「でも、りっぱですね。」

「そりゃあ、将軍《しょうぐん》さまのお城ですからね。江戸の町は、あのお城を中心にして、まわりに武家屋敷や町家《まちや》や寺社が建ちならび、その外がわに百姓《ひゃくしょう》の田畑がひろがっているのでござんすよ。」

「向こうに見えてきたのは、お城のお堀《ほり》ですか。」

「いかにも、外堀でござんすが、広いのでわしらは『溜池《ためいけ》』と呼《よ》んでおります。」

いわれてみれば、堀《ほり》よりも、まさに池という感じだ。

「太郎吉つぁんは、天ぷらは好きでござんすか。」

いきなり話が変わった。しかも天ぷらときた。

行きかう人に聞こえないように、小声で答える。

「好きもなにも、おいらの家は天ぷら屋でござんす。」

「えっ、そうでやしたか。」

溜池にそって歩いていくと、武家屋敷《ぶけやしき》ではなく、町家《まちや》が見えはじめた。

小さな橋のたもとに、屋台が出ている。

「あれは千香《ちか》ちゃんの屋台です。寄《よ》っていきやしょう。」

屋台といっても、まわりにはしっかりしたかこいがしてある。あちこち移動《いどう》して売り歩くのではなく、ここを動かない店のようだ。屋台の障子窓《しょうじまど》には、大きな丸の中に、「天」という文字が書かれていた。台のすみに植木鉢《うえきばち》が置いてあり、細い枝《えだ》に白っぽい紅色《べにいろ》のつぼみがいくつもついている。

揚《あ》げものの香《こう》ばしいかおりがしているが、客は、ひとりもいない。

雷電が前に立つと、屋台の内がわから女の子の明るい声がはずんだ。

「あっ、雷電関！　いま帰りですか。きょうはおそかったですね。」

「売れ行きはどうだい。」

「このところ、さっぱりなの。」

「じゃ、こいつを一本ずつもらおうか。あとは、つつんでおくれ。」

「一本ずつって？」

雷電がひょいと体を横にずらしたので、太郎は、「千香ちゃん」と正面から顔を見あわせた。すいこまれそうなほど、くっきりした黒い目がこちらに向けられている。太郎とおなじ十二歳《さい》くらいか。

「あらら、どこの小坊主《こぼうず》さん？」

いっぺんに、その声が気に入った。クラスの女の子たちは、たいてい高くて、とんがった声なのに、この子はちがう。ほわりとつつみこむような丸みのある声だ。

太郎は、はりきってあいさつをする。

「あっしは、雷電関のふるさと、信州《しんしゅう》は浅間山《あさまやま》のふもと、千曲川《ちくまがわ》で産湯《うぶゆ》をつかった小坊主、太郎吉でござんす。」

千香が、くすっと笑う。

「まあ、渡世人《とせいにん》のあいさつみたいね。信州の太郎吉さん、どれでも好きな天ぷらをとってちょうだい。」

大きなおさらの上に、揚《あ》げた魚が串《くし》にさしてならべてある。

——えっ、これが天ぷら？

太郎の家で両親が揚げているものとは、まったくちがう。ここのは、衣《ころも》がこげたような黒色だし、すべて串にさしてある。

天ぷらというのは、もっと衣が黄色いし、串ざしのものは少ない。これはどうみても、魚のフライって感じだ。

でも、江戸時代にも「天ぷら」があったことがうれしかった。こんな屋台で売られているのも、おどろきだ。町ゆく人たちが串一本を買って食べる、現代《げんだい》なら手軽なファーストフードってところか。

雷電が、しっぽのついたエビの串を持ってどんぶりばちの「天つゆ」にひたし、かぶりついた。ひと口で、串からむしりとるようにして食べる。

太郎も、エビの串を持ち、天つゆにつけて口に運んだ。

たしかにエビだけど、味がしつこい。というより、あぶらでぎとぎとしている。いった

千香さん（中央）が切《き》り盛《も》りしている溜池の天ぷら屋台で。

いなんのあぶらを使っているのだろう。揚《あ》げる温度も高すぎるみたいだ。温度が高すぎるから、こんなにこげた色になるのだろう。

太郎の父さんは、「これが天ぷらの奥義《おうぎ》だ。」などと、揚げ方を伝授《でんじゅ》したがる。太郎が、天ぷら屋の五代目をつぐものと思いこんでいるのだ。思いこむのは自由だが、あとをつぐかどうかは、こっちの自由だ。だから、いまは適当《てきとう》に聞き流している。聞き流しているつもりなのに、いつのまにか「天ぷらの奥義」とやらを少し覚えてしまった。

雷電が聞く。

「太郎吉つぁん、ここの天ぷらは、どうですか。」

どう答えるか迷《まよ》った。雷電は、この店をひいきにしているようだし……。

「江戸の天ぷらは、みんなこんな感じでござんすか。」

すると、千香がこまったように小首をかしげる。

「そうよ。おいしくない？」

「いや、おいしくないことはないんだけど。」

「また買って食べたいと思う？」

「いや、あっ、うん……むずかしいところだね。」

しどろもどろに答えていると、雷電が、ポンと左肩《ひだりかた》をたたいた。

「さあ、帰りますぜ。」

さっさと屋台の前をはなれて歩きだした。手には、残っていた天ぷらをすべてつつませた竹皮をぶらさげている。

太郎は、千香という女の子に心を残しながら、雷電のあとを追った。

3

長い坂道をゆっくりとのぼりきった雷電が、足を止める。

「このあたりは、江戸城の外堀《そとぼり》ではいちばん高いところでござんす。左手は真田堀《さなだぼり》といいやす。」

江戸の町のガイドさんに、太郎は聞いた。

「戦国時代の真田幸村《さなだゆきむら》にかかわりがある堀ですか。」

「幸村のお兄さんの真田信之《さなだのぶゆき》とその子孫が、この堀を築《きず》いて管理したところから真田堀とよばれておりやす。ちなみに、右手にあるのは弁慶堀《べんけいぼり》でござんす。」

「弁慶堀って、武蔵坊弁慶《むさしぼう》が築《きず》いたのですか。」

「太郎吉つぁんは、ずいぶん昔のことまで、よく知っていなさる。しかし残念ながら、時代がちがうでごわしょ。武蔵坊は源 義経《みなもとのよしつね》の家臣ですから、鎌倉《かまくら》に幕府《ばくふ》があったころの人物です。江戸《えど》城《じょう》の築城《ちくじょう》にたずさわった大工の棟梁《とうりょう》、弁慶小左衛門《こざえもん》というお方が築いたので、弁慶堀と呼《よ》ばれているのでござんすよ。」

橋をわたって、武家屋敷《ぶけやしき》の白い土塀《どべい》がつづく堀ぞいの土手道を進んでいく。

「もうすぐでござんす。」

雲がたれこめているので、はやめに夕やみがしのびよってきた。人の見分けがつきにくくなるたそがれどきだ。

先をゆく雷電のあとを必死で追う。雷電は肩《かた》をゆすって歩かない。大きな体が左右にゆれず、すーっとまっすぐ進んでいく。体幹《たいかん》がしっかりしていて、ぶれないからだろう。

ふいに、たそがれの夕やみの中から黒い人かげがあらわれた。たくましい男が七、八人、行く手をさえぎっている。

「雷電為右衛門《らいでんためえもん》だな。」

「いかにも、雷電ですが、なに用でござんしょう。」

男のひとりが、さっと背後《はいご》へまわりこもうとした。雷電は、太郎をうしろ手にかばいながら、すばやく武家屋敷《ぶけやしき》の塀《へい》を背《せ》にした。

男たちは、紺色《こんいろ》のももひきをはき、半天《はんてん》を着ている。短いそでからは、うでにほられた青いいれずみがのぞいている。

——もしかして、暴力団《ぼうりょくだん》?

いや、こっちの世界では「やくざ」というのか。

どっちにしても、こわい。思わず太郎は、雷電の長羽織《ながばおり》のすそをにぎりしめる。

正面に立つひときわいかつい男が、どすのきいた声でいう。

「あすの小野川関《おのがわぜき》との相撲《すもう》だがな……。」

雷電が静かに問いかえす。

「おてまえ方は、小野川関と、どういうかかわりの方でござんすか。」

「なあに、たんなるひいき筋《すじ》よ。」

「たんなるひいき筋のお方が、なに用でごわしょ。」

「小野川関は、あすのおめえとの一番に、相撲生命をかけてのぞむ覚悟《かくご》のようだぜ。」

「わしらは、どの取組にも、いつも相撲生命をかけてのぞんでおりやす。」

「あすの一番。おめえは、小野川関に勝つつもりでいるのだな。」

「あたりまえでござんしょう。わしら力士は、勝つために土俵《どひょう》にあがるのでござんす。負けるかもしれないと思えば、そのときすでに負けをみとめたようなものでごわす。」

「小野川関は、四十歳《さい》。おめえより九つも年上だぜ。花を持たせるという気持ちはねえのかい。」

「こしらえ勝負にしろといいなさるのか。」

「おめえをはじめ雲州藩《うんしゅうはん》おかかえの力士たちは、こしらえ勝負がきれえらしいな。べつに、わざと負けろといってるんじゃねえんだぜ。」

「せめて、『預《あず》かり』になるぐらいの相撲《すもう》を取れということでごわすか。」

男たちと雷電のあいだを飛びかうはげしいやりとりは、太郎には半分ぐらいしかわからない。

だが、けんかに強そうな男たちにとりかこまれているのに、雷電の態度《たいど》には、おじけづいたようすが、まったくない。どっしりと落ち着いた声のひびきも変わらない。

「小野川関は、四十歳とはいえ、きたえぬいた体とすばやい動きで、今場所もここまで全勝でござんす。こしらえ勝負など、かえって失礼でござんしょう。」

「おめえは、これまでに何人もの力士を土俵下《どひょうした》へふっ飛ばして、けがをさせてきただろう。」

「相撲《すもう》は、遊びではござんせん。身に寸鉄《すんてつ》も帯びず、まわしをしめただけのすっぱだかでぶつかりあうのでござんす。わが身ひとつを土俵の上にさらして、全力でたたかうものでござんす。当然、けがをすることもありやすが、力士たちは、それを覚悟《かくご》で土俵にあがるのです。小野川関もおなじ考えでごわしょう。」

「きれえごとをいうんじゃねえ。どうあっても花を持たせることができねえってんなら、こっちにも覚悟があるぜ。」

「どのような覚悟でござんしょう。」

「なあに、おめえのうでを一本、へし折らせてもらうだけさ。」

正面に立つ親分らしい男が、あごをしゃくると、ほかの者たちが、前に出てかこみをちぢめた。

雷電が、その動きを制《せい》するようにきびしい声をあげた。

「あすの相撲は、わしがこれまで身につけてきたすべての力と技《わざ》をかけて取り組むつもりでござんす。男どうしが、はだかとはだかでぶつかりあう真剣《しんけん》勝負をじゃまだてしようというのなら。」

太郎に、「持っていておくんなんし。」と天ぷらのつつみをわたし、雷電がずいと前に出た。

「反対におまえさん方のうでをへし折らせてもらいやすぜ。」

「やれるものなら、やってみな。」

「おまえさん方は、有馬火消《ありまひけ》しでござんしょう。」

男たちの親分が肩《かた》をすくめる。見やぶられたかという感じだ。

すかさず雷電が、たたみかける。

「久留米藩《くるめはん》の有馬公は、増上寺《ぞうじょうじ》の火の御番役《ごばんやく》をやっていなさるため、お屋敷《やしき》には、うでにおぼえのある屈強《くっきょう》な火消し人足たちがつめていると聞いておりやす。」

「それがどうした。」

「もしここで、わしとおまえさん方がけんかさわぎをおこせば、かわら版屋《ばんや》には、かっこうの話の種ですぜ。有馬火消したちが雷電ひとりをとりかこんで大立ち回りをしたあげく、けが人やうでをへし折られた者が何人も出たってことが、久留米藩の有馬公の耳に入ったら、どうなると思いやす。それを覚悟《かくご》のうえでのふるまいにござんしょうな。」

また雷電が前に出ると、親分がはや口で答える。

「わしらは、べつにけんかをしに来たわけじゃねえ。おめえと話しあいに来ただけだ。」

「だれにたのまれたかは、あえて聞きますまい。しかし、この雷電をいくらおどしても、けっしていうことをきかせられないことは、もうおわかりのはず。さて、話しあいは終わりましたな。そこをどきなされ。」

雷電がさらに前へ出ると、親分が道をあけた。ほかの男たちのかこみも左右に割《わ》れる。

そのあいだを雷電が、ゆったりと歩きはじめた。

太郎も、右手で天ぷらのつつみをかかえ、左手で雷電の長羽織《ながばおり》のすそをしっかりにぎりしめて、足をいそがせた。

三 あけみちゃん

1

太郎《たろう》の前を行く雷電《らいでん》の足取りが重い。おしだまったままだ。

きっと、さっきの男たちとのやりとりを考えているのだろう。

太郎にはわからないことがたくさんあったが、いまはあれこれ聞かないほうがいいように思えた。

前のほうに、うすぼんやりと白い石垣《いしがき》が見えてきた。

「あれが四谷御門《よつやごもん》です。」

雷電が、「もし迷子《まいご》になったら」と教えてくれた門だ。江戸《えど》城《じょう》の外堀《そとぼり》にかかる橋を守る門らしいけど、びっくりするほど大きく堂々としている。

門前を右にまがって百メートルも行かないうちに、雷電が足を止めた。

「ここでござんす。」

雷電は六軒長屋《ろっけんながや》だといっていたけど、歴史博物館の模型《もけい》で見た、せまい路地の両がわに低い軒《のき》をつらねている長屋とはちがう。

たしかに、ずらっとおなじ形の家が六軒建っていたが、生《い》け垣《がき》つきの小さな前庭もある。かんたんな柵《さく》をあけて庭へ入ると、小さな畑になっており、ダイコンなどの野菜が、ぎょうぎよくならんでいた。

その庭をとおりぬけて入り口の引き戸をあけたら土間《どま》があり、あがりかまちから板の間がひろがっている。

雷電が、おくへ声をかけた。

「ただいま、帰ったよ。」

すると、板の間のむこうから、はじかれたようないきおいで女の子が走ってきて、雷電に飛びつく。

「おとっさま、お帰りなさい！」

雷電が片手《かたて》で軽々とだきあげる。

「おっかさまのいうことを聞いて、いい子にしていたかい。」

「はい。きょうは、おっかさまといっしょにサトイモの皮むきをしました。」

「おお、それはよいことをしたな。」

「ゆでて、水につけてむいたら、かゆくないし、つるってむけるんだよ。」

「そうかい。では夕食は、サトイモの煮《に》っころがしだな。」

ふいに女の子が雷電の肩《かた》ごしに、目をいっぱいにひらいて太郎を見た。

「あれっ、小坊主《こぼうず》さんだ！」

「あけみ、ごあいさつは。」

するっと雷電のうでからすべりおり、あがりかまちに正座《せいざ》して、ていねいにおじぎをする。

「いらっしゃいませ。」
三、四歳《さい》だろうか。くりっとした目で、ほおに小さなえくぼができる。こんなかわいい妹がほしい。
「こんにちは、あけみちゃん。」

「あれっ、どうしてあたいの名前、知っているの。」

「さあ、どうしてかな。」

「わかった。さっきおとっさまが、あたいにいったのを聞いてたんでしょう。」

「はーい、大当たり！」

すると、おくの土間《どま》から前かけで手をふきながら、母親らしい人が出てきた。

すらりと背《せ》が高く、江戸時代の人とは思えない顔だちをしている。鼻筋《はなすじ》がとおっているし、まゆは細く長く、目は丸く大きい。現代《げんだい》なら、「ミスなんとか」に選ばれたにちがいない。

「はい、これ。きょうも、千香《ちか》ちゃんは元気だったよ。」

と、雷電が天ぷらのつつみをわたす。

「この小坊主《こぼうず》さんは、わしとおなじ名前で、太郎吉《たろきっ》つぁんという。何日か、うちで預《あず》かることになったから、よろしくたのむ。近所の人には、親戚《しんせき》の子だといってくれ。」

女の人は、くわしいことはなにも聞かずに、にこりと太郎に笑いかけてきた。

「八重《やえ》です。どうぞ、自分の家だと思って、ゆっくりしてくださいね。」

ゆっくりもしていられないけど、居心地《いごこち》がよさそうなのが、うれしい。

わたされた手ぬぐいで足をふいて、板の間へあがる。

板の間には、わらで編《あ》んだ丸いざぶとんみたいなものが重ねてある。引き出しつきの大きな木箱に灰《はい》を敷《し》きつめてあるのは、時代劇《じだいげき》によく出てくる長火鉢《ながひばち》だろう。この板の間は、現代《げんだい》ふうのいい方をすれば、リビングだ。

おくの土間《どま》は、かまどや水おけなどが見えているので、キッチンか。

「さあ、あけみ。夕食のしたくのつづきよ。」

「はーい。」と、あけみちゃんが、母親のあとを追ってキッチンへ行った。

雷電が、長火鉢のむこうにどかっとすわり、引き出しから一枚《まい》の紙を取りだして見せてくれた。大小の文字が五段《だん》にわたって、筆で黒々と書かれている。いちばん上の一段目の文字は大きくて、下の段へいくほど文字が小さくなる。

「あっ、番付《ばんづけ》だ。」

力士の地位と名前を一覧《いちらん》にした表で、東京《とうきょう》の国技館《こくぎかん》では各場所ごとの番付を土産《みやげ》ものとして売っている。じいちゃんは、何枚か宝《たから》ものみたいにたいせつにしており、きょうも、ぜったいに買うと張《は》りきっていた。

いま雷電が手わたしてくれたのは、江戸時代の番付だから、これを持って帰ったら、じいちゃんは泣いて喜ぶだろう。

麹町《こうじまち》10丁目にある松江藩《まつえはん》の「力士長屋《ながや》」でくらす雷電一家。
おくの土間《どま》にいるのが雷電のおくさんの八重さん（左）とひとり娘《むすめ》のあけみちゃん（右）。
太郎が手にしている番付《ばんづけ》は、255ページに実物の写真がのってるよ。

番付《ばんづけ》はまんなかから東と西に分かれていて、一段目《だんめ》には最も大きな文字で「大関《おおぜき》」と書いてある。

「大関の上の横綱《よこづな》は、いないのですか。」

「横綱というのは、土俵入《どひょうい》りを見せるための、儀礼的《ぎれいてき》で形式的なものです。大関が番付の最上位でござんすよ。だから、東西の大関、わしと小野川関《おのがわぜき》の取組が九日目に組まれておりやす。」

「えっ、大関どうしの対戦が、千秋楽《せんしゅうらく》の十日目ではなくて、その前日なんですか。」

「それが江戸大相撲《おおずもう》のしきたりでござんす。」

番付表の右がわには、「大関　久？米　小野川才？」と書いてある。？のところは読めない。左がわには「大関　雲？　雷電為右エ門《ためえもん》」とある。

？の文字を指さして聞いたら、ていねいな答えが返ってきた。

「小野川才助《さいすけ》。九州筑後《きゅうしゅうちくご》の久留米藩《くるめはん》のおかかえ力士でござんす。わしの『くもなんとか』は、『雲州《うんしゅう》』です。つまりわしは、出雲《いずも》の松江藩《まつえはん》のおかかえ力士でござんす。」

「江戸の力士は、みんなどこかの藩にかかえられているのですか。」

「みんなでは、ござんせん。相撲の好きな殿《との》さまが、ひいきの力士を何人か藩士としてかかえているのですよ。わしは二十二歳《さい》のときから松江藩のおかかえ力士になり、四人扶持《ぶち》をいただいておりやす。この六軒長屋《ろっけんながや》も、おかかえ力士のために、松江藩の屋敷《やしき》近くに建てていただいたものでござんす。」

四人扶持というのは、四人が食べられるくらいの給料という意味だろうか。

「ただ、おかかえ力士にも、なやみがござんす。」

そこで雷電は言葉をきり、声を落とした。

「おかかえ力士は藩の名前をせおって相撲《すもう》を取らねばなりやせん。仲の悪い藩のおかかえ力士どうしの一番が、きわどい相撲だったら、各藩の武士《ぶし》たちが物言いをつけるのでござんす。一度いいだすと、けっしてあとへは引かず、刀にものをいわせてでもとさわぐので、勝敗の判定《はんてい》を取り消し、『預《あず》かり』にしてしまうしかありやせん。つまり、勝ち負けがつかないのでござんす。」

「だれが預かるのですか。」

「相撲会所《すもうかいしょ》です。」

現代《げんだい》の「日本相撲協会《にほんすもうきょうかい》」のような団体《だんたい》かもしれない。

「相撲会所は、各藩主からおかかえ力士を借りて、本場所に出てもらっているかっこうなので、各藩《かくはん》には頭があがらないんですよ。」

雷電の顔がふっと曇《くも》った。

「小野川関は、わが師匠《ししょう》の谷風関《たにかぜぜき》の好敵手《こうてきしゅ》として、数々の名勝負をしてきた大関でござんす。これまでの江戸大相撲《おおずもう》は、ふたりがせおってくれたようなものです。ところが谷風関は、二年前に病《やまい》で亡《な》くなりやした。四十五歳《さい》まで、土俵《どひょう》をつとめていたのですが。」

「雷電関は、これまでに小野川関とは対戦してなかったのですか。」

「三度対戦しました。きわどい相撲で物言いがついた『預《あず》かり』が二度。最近では去年の十月場所、あきらかにわしの勝ちでしたから、さすがに物言いはつきませんでした。しかし、このようなおどしをかけてこられたことは一度もござんせん。うらになにかあるような気がしてならんのですが……。」

「あの男たちは、だれにたのまれたのでしょう。久留米藩のお殿《との》さまとか？」

「天下の久留米藩の殿さまが、そのような小細工をするはずはありやせん。ただ、まさかとは思いますが、小野川関は、わしに負けたら、引退《いんたい》するつもりではないのかと……それが気がかりで。」

久留米藩の有馬火消《ありまひけ》しのかこみをぬけたあと、雷電が、だまりこくっていた理由がわかった。「引退《いんたい》」のふた文字が頭にちらついていたのだろう。

「小野川関は、いさぎよい人でござんす。もし、わしに負けて引退するとしたら、これはもう江戸大相撲《おおずもう》にとって、大きな痛手《いたで》となります。太郎吉つぁんは……知りやせんか。」

急に雷電が声をひそめた。

「小野川関がいつ引退したかを。」

雷電は、「時の迷い人《まよびと》」なら知っているのではと思って、質問《しつもん》したようだ。

太郎は、順安《じゅんあん》先生からきびしくいわれた。

「たとえ、お天道《てんとう》さまが西からあがっても、おめえたちがくらしている未来のことは口にしちゃならねえ。わしや雷電関にかかわることを知っていてもだ。」

ところが、いくらそこつ者の太郎でも、口にするのはむりだ。だって、小野川という相撲取りがいたことさえ知らないのだから。

「おいらは、小野川関のことはもちろん、雷電関がいつ引退するかも知りません。」

「そうでやんしたか。」

雷電が頭をさげた。

「未来のことを聞いてはならなかったのに、ついわしとしたことが……。わすれておくんなんし。」

それっきり雷電は、ふたたびだまりこくった。

2

「はい、太郎吉《たろきち》兄ちゃんのぶん。」

あけみちゃんが、四角い箱のようなお膳《ぜん》を両手で持って、しずしずと運んできてくれた。

江戸では、大きなテーブルをかこんで食事をするのではなくて、それぞれにお膳があるようだ。

お膳の上には、白いごはんをよそったお茶碗《ちゃわん》と、サトイモの煮《に》っころがしが入った底の浅いおはち、それに、たくあんの小皿がならんでいる。

――夕飯のおかずは、これだけ？

と思っていたら、つづいて、煮魚と天ぷらがのったお皿が運ばれてきた。そのつぎには、みそ汁《しる》の入ったお椀《わん》も。

あけみちゃんは、一度にぜんぶお膳《ぜん》にのせて運ぶと、こぼすかもしれないので、少しずつ持ってきたようだ。

みんなのお膳に、おなじものがのっているけど、雷電のだけは、すべてビッグサイズ。めし茶碗《ぢゃわん》や汁椀《しるわん》は、どんぶりばちだし、お皿も片手《かたて》では持てないほど大きい。

サトイモの煮《に》っころがしも、太郎なら、ぜんぶ食べきれないぐらい山盛《やまも》りにしてある。

「では、いただきます。」

雷電の合図で、みんないっせいにおはしをとる。

自分はなにもしてないのに、こうして夕飯を食べさせてもらっていいのだろうかと思いながらも、空腹《くうふく》には勝てず、まず白いごはんをもぐもぐ。意外とおいしい。

サトイモの煮っころがしは、味がよくしみこんでいる。煮魚もやわらかくて、しょうゆの味がちょうどいい。たくあんもうまい。みそ汁《しる》は具だくさんで、とうふやワカメを大きく切って入れてある。

いつもは、あまり食べないようなものばかりだけど、どんどんおはしが進む。ただ、天ぷらだけは、おいしくないことはないのだけど……。

雷電は、器用に左手でおはしを使っている。左ききらしい。

もとの世界へ帰ったら、さっそくじいちゃんに教えてあげなければ。

左ききの野球選手は多いけど、力士はどうなんだろう。

「左ききというのは、相撲《すもう》を取るときになにかよいことがあるんですか。」

「とくにございません。右ききは右からの投げが強いし、左ききは左からの投げが強い。それだけでござんす。」

「あたいも左ききだよ。」

それまで、右手でおはしをにぎっていたあけみちゃんが、左手に持ちかえてたくあんをつまもうとしたら、ぽちゃんとみそ汁《しる》の中に落ちた。

「落っことしたんじゃないよ。たくあんさんが、みそのお風呂《ふろ》につかりたいっていうから、入れてあげたんだよ。」

母親の八重さんが、えくぼをうかべる。

「あけみは、ほんとうに負けずぎらいなんだから。だれに、にたんだかね。」

「あたいは、おとっさまににて負けずぎらいだけど、おっかさまににて美人なの。」

にぎやかな笑い声がはじけるなか、八重さんが問いかけてきた。

「太郎吉さんは、どこの生まれなの?」

「東京《とうきょう》……あっ、江戸でござんす。」

とあわてていいなおす。八重さんは、太郎が「時の迷い人《まよびと》」だとは知らないのだ。

「わたしの生まれ在所《ざいしょ》は、下総《しもうさ》の佐倉《さくら》なの。甘酒茶屋《あまざけぢゃや》のむすめだったんだけど、雷電関に見そめられてね。」

もしかして、のろけ話？　と思ったが、ちょっとひっかかることがあった。

「その下総の佐倉って、千葉県《ちばけん》ですか？」

言葉にしてから、しまったと思った。江戸では「千葉県」なんていってなかったはずだ。ところが、八重さんは平気で答える。

「よく知っているわね。佐倉は、戦国の世には千葉氏という武将《ぶしょう》に治められていたのよ。」

以前じいちゃんに、長野県東御市《ながのけんとうみし》の雷電の「生家」に連れていってもらい、近くにあるお墓《はか》にお参りしたことがある。そのとき、話してくれたことを思いだした。

「雷電のお墓は全国に四か所もあるだが、わしが、ここのほかに行ったことがあるのは、雷電のおよめさんが生まれた千葉県佐倉市だ。雷電夫婦《ふうふ》の墓石の右横には、たったひとりのお子さんの戒名《かいみょう》もきざまれていただよ。」

「かいみょうって、死んだときにつける名前だよね。」

「ああ。しっかり覚えてねえだが、『釈《しゃく》なんとか童女《どうじょ》』ときざまれていただ。たぶん、三、四歳《さい》かそこらの子どものうちに死んだにちげえねえだ。」

「そんなに小さくて……病気で死んだのかな。」

「はっきりした死因《しいん》は伝わってねえだけんど、たしか寛政《かんせい》十年七月って書いてあったから、暑いときだったんだろうな。その年、雷電は三十二歳……さぞかしかわいがっていただろうに、わが子に先立たれるのは、どんだけ、つれえことだか。」

めし茶碗《ぢゃわん》を手にした太郎の背中《せなか》を、つめたいものが流れた。

あらためて、目の前にすわっているあけみちゃんの顔を見る。

まさに、三、四歳の童女だ。墓石《はかいし》に戒名《かいみょう》をきざまれていた子にちがいない。

あけみちゃんが、小首をかしげて、「なあに?」と太郎を見かえす。その黒くすんだひとみを見つづけることができず、あわててごはんをかきこんだ。

こちらの世界はきょう、寛政九年十一月五日だと、雷電がいっていた。

来年だ。来年の七月にあけみちゃんは……。

どうしよう。どうしたらいいのだろう。

雷電と八重さんに知らせるべきか。知らせて、あけみちゃんを助けてもらえばいいのか。

いや、待て。

そこつ者の太郎よ、ここはじっくり考えるんだぞ。

命を助けたら、お墓《はか》にきざまれた文字がうそになる。おおげさにいえば、雷電に関する歴史を変えてしまうことになる。本で読んだことがある。タイムスリップした者は、けっして歴史を変えてはいけないのだと。

順安先生からも「未来のことはぜったいに口にするな。」ときびしくいわれた。

だが、これだけは、だまってはいられない。

もしこの夫婦《ふうふ》に伝えたら、ふたりはあけみちゃんをどうするだろう。

死なないように、なにか工夫《くふう》するだろうか。工夫といっても、なにができるのだろう。

病気で死ぬのか、事故《じこ》で死ぬのか、死因《しいん》はわからないのだ。死因がわからなければ、命をまもるためにどうすればいいのか、打つ手が決められない。

では、太郎にできることは、なにかあるのか。

あけみちゃんが来年の夏に死ぬことを伝えるだけなのか。ただ伝えて、覚悟《かくご》を決めてもらうしかないのか。

そんなの、いやだ。

なんとかしたい。

太郎は、がまんできずに口をひらいた。

「雷電関。来年の夏は……。」

ごくりと生《なま》つばを飲みこむ。

「暑いかもしれませんね。」

そういってから、自分のひたいをぴしゃっとたたいた。

けげんな顔をしていた雷電が、なにかに気づいたように、りっぱなあごを横にふる。

たぶん、未来のことは口にするなということだ。

でも、だまっているのは、たえられない。もう一度いいなおすことにした。

「あの……来年の夏には……。」

すると、雷電の声が明るくかぶさってきた。

「夏は、たいてい暑いものでござんすよ。いまから来年のことなど思いわずらいたくはありやせん。わしらは、先々のことを心配するよりも、きょうがどんな一日になるのか、楽しみながら生きているんです。いまを精《せい》いっぱい、後悔《こうかい》することなく生きるのが、なによりたいせつなのではございませんか。」

太郎は、それ以上なにもいえずに、だまってみそ汁《しる》を飲んだ。

亡《な》くなる本人を目の前にして、いつ死ぬなんてことを口走ろうとした、自分のそこつぶりをあらためて反省しながら……。

四 朝げいこ

1

目をさました太郎《たろう》は、自分がいまどこにいるのかわからなかった。

——うん？　ここは……。

天井《てんじょう》は黒ずんだ板だし、かべは黄土色《おうどいろ》。見なれた青色のカーテンもなければ、勉強《べんきょう》机《づくえ》もない。

思いだした。

国技館《こくぎかん》で相撲《すもう》を観《み》ていて、力士の下敷《したじ》きになって、気がついたら雷電《らいでん》にかかえられて……。

そうだ。いま自分がいるのは、二百数十年前の江戸《えど》。でんと長火鉢《ながひばち》が置いてある雷電家のリビングだ。

ばらばらとなにかが屋根に当たる音がしている。昨夜からの雨が、まだふりつづいていいるらしい。

――相撲《すもう》は休みだ。

これで、きょう帰るチャンスはなくなった。

いや、きょうだけではない。ゆうべ雷電に聞いた話では、二日つづけて晴れないと、本場所はおこなわれないとか。としたら、少なくともあと三日は、この江戸にいなければならない。

じいちゃんや父さんや母さんたちは、どうしているかな。

太郎は、ケイタイを持っていないが、もしあったとしても「圏外《けんがい》」だろう。

もとの世界のことが気になるけど、連絡《れんらく》のつけようがない。

この江戸でも気になる人たちがいる。

あけみちゃんのことは、きのうの夜、ふとんに入ってからもあれこれ考え、なかなかねむれなかったけど、答えは出なかった。ただ、そこつ者ぶりを発揮《はっき》して、あわててしゃべらなくてよかった。江戸にいるあいだに、なにかできることはないか考えてみよう。

順安《じゅんあん》先生の治療所《ちりょうじょ》にいた声を出せないというはるかさんも気になる。会ったとたんに、ぴぴっと背中《せなか》を走ったのは、いったいなんだったのだろう。もう一度会ってみたい。千香《ちか》という天ぷら屋の女の子も、やっぱり気になる。売れなくてこまっていたけど、なんとかしてやりたい。現代《げんだい》の天ぷらの揚《あ》げ方《かた》を教えるのは、歴史を変えることになるのだろうか。だったら、教えてはいけない。

でも、江戸の人たちがおいしい食べものを口にできるのは、いいことだ。もし、千香の屋台の天ぷらが現代ふうになっても、歴史を変えたというほどおおげさなことではないと思う。

ただ、問題がある。父さんが伝授《でんじゅ》してくれた「天ぷらの奥義《おうぎ》」を、ちゃんと千香に教えられるかどうかだ。こんなことなら、もっとしっかり習っておけばよかった。

台所のほうから、コトコトと包丁でなにかを切る音が聞こえてくる。

上半身を起こしてみると、八重《やえ》さんが台所で立ち働いていた。横で手伝っているあけみちゃんが、ぱっとこっちを向く。

「太郎吉《たろきち》兄ちゃん、起きたの！」

リビングへかけあがり、太郎の首っ玉に飛びついてきた。

「ねえ、おとっさまをおむかえにいこうよ。」

「どこへ行ったの、雨がふっているのに。」

「朝げいこよ。」

「えっ、もうけいこをしているの。」

「雨休みの日はかならずだよ。行こう。」

この子のことをどうすればいいのか。いちばんのなやみの種だが、その元気いっぱいの明るさにつられて、こちらも笑顔《えがお》になる。

台所から、八重さんも声をかけてくる。

「朝ごはんは、けいこが終わってからだから、よかったら、いっしょに見にいってやってよ。」

「はい、行ってみます。」

「かさは戸口にあるからね。」

——いま何時ごろだろう。

ここの部屋には時計がかかっていない。

「あの、いまなんどきですか。」

「さっき四つの鐘《かね》が鳴ったわよ。」

古典落語に「ときそば」というのがある。

屋台でそばを食べた客が料金の十六文《もん》を支《し》はらうとき、そば屋の手に一文銭《いちもんせん》を一枚《まい》ずつのせていく。「ひい、ふう、みい、よう、いつ、むう、なな、やー、」までできたとき、「いま、なんどきでぇ。」と聞く。夜の九つどき（午後十二時ごろ）だったので、そば屋が「へい、九つで。」と答える。すかさず客は、「とお、十一。」と十六まで数え、一文少なくはらって、さっさと立ち去る。

それを近くで見ていたそこつ者の男が、あくる日にまねをして、「ひい、ふう……なな、やー、いまなんどきでぇ。」夜の四つどき（午後十時ごろ）だったので、そば屋が「四つで。」と答え、男は「いつ、むう、なな……。」と数え、けっきょく四文多くはらうという話だ。

さっき鳴ったのは、朝の四つだから午前十時ごろ。

——ええっ、そんなに朝寝坊《あさねぼう》してたのか。

いそいで、きのうの夜貸《か》してもらった寝まきをぬいで小坊主《こぼうず》の衣装《いしょう》を身につける。

出入り口には、番がさが一本置いてあった。あけみちゃんといっしょに外へ出て、相あいがさで歩きはじめる。ところが、トイレへ行きたくなった。

江戸では、トイレを「かわや」といい、共同トイレが長屋《ながや》のはしっこにある。

この六軒《ろっけん》長屋は、雲州松江藩《うんしゅうまつえはん》の足軽《あしがる》長屋とおなじつくりで、「力士長屋」と呼《よ》ばれているとか。

かわやは、力士用に特別に大きくしてあるので、太郎には広すぎて落ち着かない。ポットン便所だし、つぼの中へ落ちそうだ。

あけみちゃんに待っていてもらって、ひやひやしながらも、ぶじに用を足した。

かわやから表通りへ出て、力士長屋の前の広い道を五、六百メートルほど行くと、あけみちゃんが武家屋敷《ぶけやしき》の門前で立ちどまった。

「ここよ。」

「えっ、こんなところで朝げいこをしているのかい。」

「松江のお殿《との》さまのお屋敷なの。」

「えっ、ここにお殿さまがいるの？」

「ここは中屋敷だよ。お殿さまがいるのは上屋敷なの。」

そういえば、大名は、江戸に上屋敷・中屋敷・下屋敷と、三つ以上の屋敷を持っていたと学んだことがある。

相撲《すもう》に目のない雲州松江藩のお殿《との》さまは、その中屋敷《なかやしき》に、けいこ場までつくってくれているようだ。

門内から、はげしいかけ声や、体をぶつけあうような音が聞こえてくる。

あけみちゃんは、門番とは顔なじみらしく、あいさつをして横のくぐり戸から、さっさと中へ入る。敷石がずっとならんでいて、大きな建物のかわら屋根が朝日に光っている。

あけみちゃんが、左手おくにある板戸を押《お》しあけた。とたんに、目の前に相撲場があらわれた。雨よけの広い屋根がかけてあり、まわりを背《せ》の高さぐらいの板塀《いたべい》がとりかこんでいる。

土俵《どひょう》は地面とおなじ高さで、俵《たわら》が太い。

その土俵の中で、力士たちがはげしくぶつかりあっている。

「もういっちょう！」

腹《はら》にひびくかけ声とともに、頭からがつんとぶつかっていく。ころがされても、ころがされても、起きあがってはぶつかっていく。

土俵にあがっていない七、八人の力士たちは、まわりで四股《しこ》をふんだり、腰《こし》をおとして足をすべらせながら前へ進んだり、太い柱をどすんどすんと突《つ》いたりしている。

なにもせずにぼーっと突っ立っている者は、ひとりもいない。

「自分をきたえる」という熱気が、けいこ場に満ちあふれている。

ひとり、気になる若者《わかもの》がいた。ほかの力士たちは、けいこ場に入ってきた太郎をちらっと見ただけなのに、その若者は、何度か視線《しせん》を送ってくる。
十七、八歳《さい》ぐらいか。がっしりした体つきをしており、相撲取《すもうと》りよりも、プロレスラーのほうが向いているような気がする。
太郎はハッと気づいた。

あのひと筆がきのような長いまゆ、きかん気な目、きゅっと結んだ大きめの口……。

——自分と、にているかも。

太郎とおなじように、ひたいのまんなかに大仏《だいぶつ》ぼくろまである。

もしかしたら、じいちゃんの話に出てきた、前頭筆頭《まえがしらひっとう》までいった祖先《そせん》の力士とは、この若者では？

「よしっ、仕上げだ。」

雷電のどっしりした太い声が、土俵《どひょう》からひびいた。

すでに何番もけいこをしたのだろう。大岩のような体からは汗《あせ》がふきだしている。

「千田川関《せんだがわぜき》、最後にもういっちょうたのむ。」

土俵《どひょう》にあがった相手の千田川は、雷電におとらぬみごとな体格《たいかく》で、浅黒い肌《はだ》は砂《すな》にまみれている。両者とも、白いはちまきをしめているのは、気合を入れるためか、それとも、まげやひたいをまもるためか……。

バチッと音をたててぶつかりあい、本番のようなはげしい突《つ》っぱりあいや押《お》しあいをくりひろげる。組んでは、まわしをとっての投げの打ちあいで、ふたりとも、どっと土俵に落ちる。落ちてもすぐに立ちあがり、また思いきりぶつかっていく。

きょうは雨休みとはいえ、いまは本場所中なのに、こんなはげしいけいこをしてもだいじょうぶなのだろうか。

「あけみちゃん、おとっさまは、いつもこんな猛《もう》げいこをしているのかい。」

「うん。雲州力士の猛げいこは、お屋敷《やしき》の塀《へい》の外までひびくって、江戸八百八町《はっぴゃくやちょう》の評判《ひょうばん》なんだよ。」

きのう、久留米藩《くるめはん》の火消し人足たちにかこまれたときに、雷電がきっぱりといった。

「相撲《すもう》は、遊びではござんせん。わが身ひとつを土俵の上にさらして、全力でたたかうものでござんす。」

あれは、言葉だけのきれいごとではない。身ひとつでたたかうためには、これだけのけいこをつんで、体と技《わざ》をきたえておかねばならないのだ。

自分をきたえるのには、覚悟《かくご》がいる。一瞬《いっしゅん》の休みもゆるみもなく、努力をつづける覚悟が。

太郎は、わが身をふりかえってみた。

これほど必死になって自分をきたえたことがあるだろうか。これほど真剣《しんけん》になにかに取り組んだことがあるだろうか。

おのずと背筋《せすじ》がまっすぐにのびた。

姿勢《しせい》を正して、雷電のけいこを見つづけた。

2

おなかがぐうと鳴りはじめたころ、朝げいこが終わった。終わったころには、雨があがっていた。

けいこ場の横にある井戸《いど》の水をくみあげ、手ぬぐいで体をふいた力士たちは、すばやく着物をはおった。だれかがつぶやく。

「いまごろ雨があがっても、おそいぜ。」

朝もまだ暗いうちに一番太鼓《いちばんだいこ》がなり、番付《ばんづけ》のいちばん下の五段目《だんめ》の取組がはじまって、すべての取組が終わるのは夕方近くになる。だから、途中《とちゅう》から晴れても、きょうの相撲《すもう》はおこなわれないらしい。

雷電を先頭に、松江藩中屋敷《なかやしき》のくぐり戸を出て、力士長屋《ながや》へ向かう。

あけみちゃんは、雷電に肩《かた》ぐるまをしてもらって、大はしゃぎ。

大仏《だいぶつ》ぼくろの若者《わかもの》は、いちばんうしろをついてくる。太郎は、わざと歩《ほ》をゆるめて横にならんだ。

若者が太郎を、じっと見つめる。向こうもにているると思ってるようだ。

先に口をひらいたのは、若者のほうだった。

「おめえ、どうしておれとおなじところにほくろがあるんだ。」

「どうしてって聞かれても……。わざとつけたわけではござんせん。生まれたときからありやしたから。」

「おれは、岩吉《いわきち》ってんだ。おめえは？」

「太郎吉っていいます。」

「雷電関とおなじ名前じゃねえか。」

「へえ、親戚《しんせき》でござんす。」

「そうかい。なんだかおれも、おめえと、親戚みてえな気がするんだがな。」

じいちゃんがいっていた前頭筆頭まであがった祖先《そせん》の四股名《しこな》は、たしか「吉《よし》の岩《いわ》」だった。

「岩吉さんの四股名は、なんていうんですかい。」

「まだ本場所に出してもらえねえから、四股名はついてねえんだ。はやく番付に名前がのるようになりてえもんさ。」

「四股名は、『吉の岩』にしたらどうですか。」

岩吉が、ふんと鼻先で笑った。

「なんでい。岩吉をさかさまにしただけじゃねえか。」

ふいに岩吉が、するどい目をしてはや口でいった。

「おれから、はなれろ！」

岩吉の目がとらえているのは、先頭の雷電の向こうから歩いてくるひとりの男だった。しまがらの着物に、紺色《こんいろ》のももひき。白い鼻緒《はなお》の雪駄《せった》をはいて、ひょいひょいと水たまりをよけながら近づいてくる。

理由はわからなかったが、どことなくいやな感じの男に思えたので、太郎は岩吉からおくれて、いちばんうしろを歩きはじめた。

白い鼻緒の雪駄の男が、雷電の前で足を止めた。

「よう、雷電。今場所も調子がいいようじゃねえか。」

ざらざらした耳ざわりなダミ声だ。

雷電が、あけみちゃんを肩《かた》からおろす。

「これは銀造《ぎんぞう》親分。ごくろうさまでござんす。」

「ふんどし一丁でできる、元手のいらねえおめえらの商売は、楽なもんだよな。」

「相撲取《すもうと》りは体が元手でござんす。」

「おれは、足と耳と、ここが元手さ。」

と頭を指さす。キザなやつだ。

「ちょいとみょうなうわさを聞いたんだがな。きのう、力士の下敷《したじ》きになっていた男の子を助けたのは、おめえだろう。」

「いかにも、わしでございんすが。」

「その子どもが、変わったかっこうをしていたってえのは、ほんとうかい。」

太郎は、どきっとした。

雷電に「銀造親分」と呼《よ》ばれたこの男、たぶん、岡《おか》っ引《ぴ》きだろう。岡っ引きは、町奉《まちぶ》行所《ぎょうしょ》の役人の手下で、犯罪者《はんざいしゃ》をつかまえるのが仕事だ。きのう、相撲《すもう》を観《み》に来ていただれかが、太郎がTシャツとジーパンすがただったことに気づき、不審《ふしん》に思って通報《つうほう》したにちがいない。

もし太郎が「時の迷《まよ》い人《びと》」だと知られたら、英二《えいじ》さんとおなじ目にあってしまう。

雷電のどっしりと落ち着いた声が答える。

「ああ、その男の子は、ほれ、うしろにいる小坊主《こぼうず》でございんす。わしの親戚《しんせき》ですよ。土《ど》俵下《ひょうした》で相撲を観るのに、坊主のかっこうでは目立ちすぎるんで、黒い袈裟《けさ》をぬいでいただけでございんす。そのため、少し変わったかっこうに見られたのかもしれませんな。」

「そうかい。あの子だな。」

銀造という岡っ引きの底光りする目が、太郎をとらえた。

つい、ふっと目をそらす。そらしたとたんに、しまったと思った。なにか悪いことをかくしているように思われたかもしれない。

あわてて、目をもどしたが、銀造はこちらへ近づいてきた。

背中《せなか》をつめたいものが流れる。

銀造の足が、太郎の前にいる岩吉のところで止まった。

「近ごろは、借りてきたネコみてえにおとなしくしているそうじゃねえか。」

岩吉がすかさず答える。

「へえ、そりゃもう、まっとうに、けいこにはげんでおりやす。力士道まっしぐらでござんすよ。」

「もしまた悪さをしたら、今度こそ小伝馬町《こでんまちょう》の牢《ろう》へ送ってやるからな。」

そのまま銀造が、太郎の前に来た。ねばりつくような目が全身を見まわす。

「おめえ、名前は？」

ここは、けっしてそこつ者になってはいけない。

「太郎吉と申します。」

「どっから来た。」

岡《おか》っ引《び》きの銀造（中央）に呼《よ》びとめられた、太郎と岩吉（右）。

「あっちからです。」

と、歩いてきたほうを指さす。

「おめえ、おれをばかにしているのか。在所《ざいしょ》はどこかって聞いているんだ。」

たしか「生まれたところ」のことだ。雷電の親戚《しんせき》だから、おなじ在所にしなければ、まずい。じいちゃんのしゃべり方を思いだして、今度は信州弁《しんしゅうべん》で答える。

「おらの在所は、信州だで。」

「信州のどこだ。」

「雷電関とおなじ浅間山《あさまやま》のふもとだに。」

「江戸へなにをしにきた。」

「諸国《しょこく》をめぐって修行《しゅぎょう》している途中《とちゅう》でござんす。」

「おめえみてえな子どもが、諸国修行の旅をするのか。」

「かわいい子には旅をさせろっていうずら。」

銀造が、ちっと舌打《したう》ちした。

「口のへらねえやつだな。」

「へえ、いつも、『おまえはそこつ者だから、くれぐれも口には気をつけろ。』っていわれております。」

「年は？」

「寛政《かんせい》九年で。」

「おめえの年を聞いているんだよ。」

「十二でござんす。」

「寺と住職《じゅうしょく》の名前をいってみな。」

ぐっとつまったが、とっさに信州のばあちゃんのお墓《はか》があるお寺の名前を口にした。

「光明寺《こうみょうじ》です。」

「それで、住職は。」

「へい、和尚《おしょう》さまです。」

「なんという和尚かって聞いてるんだ。」

太郎が答えるよりはやく、すぐ近くから太い声がひびいた。

「浅間聖山《あさませいざん》和尚でござんす。」

先頭にいたはずの雷電が、いつのまにか、いちばんうしろにいる太郎の横に来ていた。

「太郎吉が諸国修行《しょこくしゅぎょう》をするための往来手形《おうらいてがた》は、荷物の中に入っておりましたので、わしがちゃんと確認《かくにん》しております。銀造親分さん、まだひよっこの小坊主《こぼうず》に対して、いってえなんの疑《うたが》いをかけていなさるんで？」

銀造が肩《かた》をすくめる。

「なあに、てえしたことじゃねえさ。おい、雷電。この小坊主は、しばらく、おめえのとこにいるのかい。」

「諸国修行《しょこくしゅぎょう》の途中《とちゅう》でござんすから、いつ江戸をたつやもしれません。」

「ってえことは、江戸には長くいねえんだな。」

「へえ、おそらく……。」

「そうかい。じゃましたな。」

銀造は、肩をいからして足ばやに去っていった。腰帯《こしおび》のうしろに十手《じって》がはさんであるのが見えた。

五 ゆうかい事件《じけん》

1

朝げいこから帰ったあと、朝と昼をかねた食事にありついた。

これが、なんともすごい。大きな土鍋《どなべ》の中に、魚や貝や豆腐《とうふ》、ネギやダイコンやニンジンなどが、ぶつ切りで入っている。どれも、でかい。

現代《げんだい》でいう「ちゃんこ鍋」ってやつかもしれない。みそ味がついているので、そのまま自分のお椀《わん》にすくって食べる。

豆腐は一丁の半分なので、お椀からはみ出そう。それを食べるだけでおなかがふくれる。ダイコンひときれ、ネギひとつだって、なかなか食べきれない。白身の魚をお椀にとって食べる。ほろりと身がほぐれて、おいしい。

あけみちゃんは、どうしているのかと見たら、平気な顔でダイコンにかぶりついている。

「どんどん食べるのよ。」

八重《やえ》さんがさかんにすすめるから、つい食べすぎて、とうとう相撲取《すもうと》りみたいなおなかになってしまった。

雷電《らいでん》は、ごはんのあと、

「わしは、ひいき筋《すじ》にたのまれている用事があるので、とりあえずそれをすませてきます。太郎吉《たろきっ》つぁんは、ひとりで出歩かないほうがようござんすな。」

迷子《まいご》になる心配からではなく、銀造《ぎんぞう》に目をつけられているからだろう。

台所の手伝いをすませたあけみちゃんが飛びついてきた。

「太郎吉《たろきち》兄ちゃん、遊ぼうよ。」

この子にたのまれると、ことわれない。行く先短い命のことを思ってしまう。

「なにして遊ぶんだい。」

「せいしょうなごん知恵《ちえ》の板《いた》がいい。」

「えつ、せいしょうなごん？」

国語で習った「春はあけぼの」だ。平安時代《へいあんじだい》に『枕草子《まくらのそうし》』という本を書いた人。

その清少納言《せいしょうなごん》と江戸《えど》時代と、どういう関係があるのだろう。

「知恵の板って、なに？」

「はい、これ。」

あけみちゃんが、棚《たな》から箱をおろして、中から厚手《あつで》の紙を取りだし床《ゆか》にひろげた。その厚紙の上に、うすい小さな板きれをならべる。

「これで、いろんな形を作るの。」

正方形・直角二等辺三角形・台形・平行四辺形など、大小七つの形の板きれ。

「こうならべたら、四角い形になるんだよ。」

あけみちゃんが、七つの板きれを器用にならべなおすと、大きな正方形ができあがった。

パズルみたいなものらしい。

「知恵の板ってのはわかるけど、なんで清少納言なのかな。」

「だって、書物があるんだもの。」

今度は箱の中から小さな横長の冊子《さっし》を取りだす。

表紙には、昔のくずした文字が書いてあったが、太郎にも、なんとなく『清少納言知恵の板』と読めた。

中をあけたら、もっとむずかしいミミズがはったような昔の文字がならんでいる。

ページをめくると、さまざまな形の絵が描《か》いてあり、「三重の塔《さんじゅうのとう》」「舟《ふね》」など、四十種類ほどものっている。

清少納言は、江戸時代でも知恵《ちえ》のある女性《じょせい》だと思われていて、『知恵の板』を売りだすときに、名前を使われたようだ。

「あけみちゃんは、この本にのっている形を、ぜんぶつくれるのかい。」

「ううん。答えは本に書いてあるけど、ぜーったいに見たらだめだよ。あたいは、ぜーったいに見ないで、自分で考えるようにしているんだから。」

やたら「ぜーったいに」を強調したけど、自分で考えようとするところが、えらい。

「よしっ、じゃ、おいらもやってみる。どれがいいかな。」

「これ、やってみてよ。あたいはもうできるよ。」

あけみちゃんが指さしたのは、三重の塔。

いちばん下に台形を置き、その上に正方形をのせた。これで、土台ができた。

問題は三重の屋根が重なっている形をどうつくるかだ。残っている板きれは五片《へん》。

「これぜんぶ、残さずに使わないとだめなんだよね。」

「あたりき、しゃりきよ。」

何度も置きかえながら、なんとか冊子《さっし》の絵の形どおりのものに仕上げることができた。すごい達成感がある。

「じゃ、つぎは富士山《ふじさん》をあたいがやるから、見ててね。」

頂上《ちょうじょう》が三つとがっていて、富士山みたいな形の絵になっている。富士山は、江戸時代から、みんなに親しまれていたのだ。

あけみちゃんは、さっさとならべて「どうだ。」って顔をする。もう何回もやっているらしい。

「あけみちゃんができなかったのは、どれ？　ふたりで考えようか。」

「うん。じゃ、猿《さる》。」

冊子をめくって指さしたのは、猿がすわっているようなかっこうの絵。

ああでもない、こうでもないといいながら、ふたりでつぎつぎにためしていく。

置きかえては、やりなおし、また置きかえる。

できあがったときは、「やったあ！」とハイタッチ。

喜びと達成感を手にしたら、ばらばらにくずして、またつぎのむずかしそうなのに取り組む。

だんだん清少納言と知恵《ちえ》くらべをしている心持ちになるから、不思議だ。

熱中して時間がたつのをわすれていたが、どこかで鳴っている鐘《かね》の音《ね》で、はっとわれにかえった。

江戸市中にいま何時かを知らせる時の鐘みたいだ。たしか三つ鳴った気がした。

あけみちゃんがいう。

「いまのは、捨《す》て鐘《がね》だよ。」

「えっ、なんどきのこと？」

「これから時の鐘を鳴らしますよって、お知らせなの。捨て鐘はいつでも、三つ打つんだよ。そのあと鳴るのが、ほんもの。」

耳をすまして、ふたりで声をあわせて数える。

「ひとつ、ふたつ、三つ……。」

「八つだね。」

といっても、何時かわからない。

雷電は、まだ帰ってこない。

できれば、江戸にいるうちに、気になる人たちにもう一度会っておきたい。

治療所《ちりょうじょ》のはるかさんと、天ぷら屋の千香《ちか》。

それにけさ、もうひとりふえた。もしかしたら、自分の祖先《そせん》かもしれない岩吉《いわきち》。その岩吉は、なぜか岡《おか》っ引《ぴ》きに目をつけられている。今度悪さをしたら、小伝馬町《こでんまちょう》の牢《ろう》へ送るとおどされていた。

岩吉に会って、「悪さ」をしないように釘《くぎ》をさしておかねば。

そのとき、台所でなにかこしらえていた八重さんから声がかかった。

「甘酒《あまざけ》ができたよ。太郎吉つぁんも、どうぞ。」

「うわーい。」

あけみちゃんが、台所へすっ飛んでいき、おぼんの上に大きめの湯飲《ゆの》み茶碗《ぢゃわん》をふたつのせて、そろそろともどってきた。もわもわとあがる湯気が、あまいかおりをまきちらしている。

そういえば、八重さんは甘酒茶屋のむすめだといっていた。

あたたかい湯気をふうふうしながら、甘酒《あまざけ》をすする。甘酒って、あんまり飲んだことがないけど、おいしい！　ぴりっとからいショウガが、よくきいている。

「ちょうどいいあまさだね。」

「うん、あったまるでしょう。」

あけみちゃんとふたりで顔を見あわせながら飲んでいると、この子が来年の夏に亡《な》くなるなんて、とても信じられない。

ふと、じいちゃんの言葉が胸《むね》によみがえってきた。

「わが子に先立たれるのは、どんだけ、つれえことだか。」

歴史はほんとうに変えられないものなのだろうか。変えてしまえばお墓《はか》の「釈《しゃく》なんとか童女《どうじょ》」という戒名《かいみょう》も消えるかもしれない。消えたらいいのに……。

じゃ、どうやってあけみちゃんを助けるか。やはり雷電と八重さんにきちんと話をして、来年の夏にはじゅうぶんに気をつけてもらうしかないのだろうか。

でも、病気で死んだのか、事故《じこ》か天災《てんさい》か、理由がわからない。

「あけみ。岩吉さんところへも持っていってちょうだい。」

台所から聞こえた声に、えっとおどろく。

「八重さん、岩吉さんて、この長屋《ながや》にいるの。」

「そうよ。長屋のいちばんはしっこにひとりで住んでいるわ。あそこは、かわやの前だから、せまくてひと部屋しかないのよ。岩吉さんはね、将来《しょうらい》有望だけど、まだ正式な松江《まつえ》藩《はん》のおかかえ力士ではないから、ほんとうはこの長屋には入れないの。雷電がお留守居役《るすいやく》にたのみこんで、はしっこの部屋に入れてもらっているのよ。」

気になる若者《わかもの》と話すチャンスだ。

「おいらも、あけみちゃんといっしょに行きます。」

太郎は、いさんで立ちあがった。

2

雨はきれいにあがり、ちぎれ雲が風にながれていく。

江戸の空は、東京の空より広い。高い建物が江戸城《えどじょう》だけなので、空のすみからすみまで、ずいーっと見える。

両手を思いきり上にあげて、大きくのびをした。

すると、徳利《とっくり》のような入れものをかかえたあけみちゃんが、首をかしげる。

「なにをしているの。」

「このまま、空へのぼっていけないかなって思ってさ。」

「ふうん……。」

あまり興味《きょうみ》なさそうだ。

「あたいね、岩吉さんが苦手なの。」

と、ちょっとおしゃまないい方をした。

「へええ……どんなとこが苦手なんだい。」

「あのね、にらむところ。」

そういえば、岡っ引《おかぴ》きの銀造が来たとき、岩吉の目の色が変わった。にらみつけるような目つきになった。あけみちゃんも、にらまれたことがあるのかもしれない。

岩吉が太郎の祖先《そせん》だとしたら、自分もおなじように人をにらむくせがあるのだろうか。気をつけなければ。

岩吉の家の前に立ち、あけみちゃんが入り口の戸をトントンとたたく。

「あけみです。甘酒《あまざけ》を持ってきました。」

ていねいなよそいき言葉がおかしい。太郎と話すときとは、まるでちがう。

足音がして戸があいた。

あけみちゃんが「はい。」と突《つ》きだした入れものを、岩吉が片手《かたて》で受けとる。

「いつもありがとうよ。おふくろさんによろしくな。」

目つきが、とびきりやさしい。

でも、あけみちゃんはくるりときびすを返した。

「あたい、帰ります。」

すたすたと、もどりはじめる。

岩吉が、戸の外にいる太郎を呼《よ》びとめた。

「おめえ……ほくろの太郎吉とかいったな。」

「ほくろの太郎吉ではありません。吉田《よしだ》太郎吉でござんす。」

「なにっ、姓《せい》があるのか。おめえ、苗字《みょうじ》を持っているのか。」

あっと思った。小坊主《こぼうず》のくせに苗字まで名乗るのは、おかしい。

「い、いえ……吉田っていう土地の名前でござんす。」

「なんだ、そうかい。どうでい、あがってちょっと話していかねえかい。」

太郎は、あけみちゃんの小さい背中《せなか》に声をかけた。

「おいら、少し岩吉さんとこにいるから。」

「うん。」とうなずいたあけみちゃんは、そのまま小走りに家へ向かった。

太郎が土間《どま》へ入ると、首をひねりながら岩吉がつぶやく。

「あのむすめ、どうしておれが嫌《きれ》えなのかな。こんな、にがみ走ったいい男なのによ。」

「あけみちゃんをにらんだことがあるのでは？」

「にらんだことなんか、ねえよ。たいせつな雷電関のむすめだ。いつもかわいがって……

そうだ、いっぺんだけ、にらんだことがあった。」

「いつ、どんなとき？」

「雨の日だったかな、おれが久《ひさ》しぶりにゆっくりしていたら、あいつが、知恵の板とかを持ってきて、うるさく遊ぼうっていうからさ、つい……。」

「岩吉さんのにらみは、おいらとはちがって、すごみがあるから気をつけたほうがいいかも。」

「なんだ、その『かも』ってのは、鳥の名前か。」

シャレをいってるのかと思った。でも、「かもしれない」の「しれない」を省略《しょうりゃく》するのは、こちらの世界では通じないのかも。

太郎はぞうりをぬいでござを敷《し》いた板の間へあがり、ぐるりと見まわしたが、みごとにがらんとしている。長火鉢《ながひばち》もなければ、戸棚《とだな》もない。すみのほうにびょうぶでかこって、ふとんがつんであるだけだ。

突《つ》きあたりの台所も、だだっ広い感じがするのは、道具が少ないからだろう。

その台所から、湯飲《ゆの》み茶碗《ぢゃわん》をひとつ持ってきた岩吉は、ござの上に、太郎と向かいあってすわった。

甘酒《あまざけ》を湯飲みにつぐと、ずずっとすする。

「雷電関んとこの甘酒は、天下一品だぜ。おめえも飲むかい。」

と、自分が飲み終わった湯飲みを突きだしたが、太郎は首を横にふった。

「さっき飲んだところでござんすから。」

「正直なやつだな。」

「おかげで、いつも損《そん》をしております。ところで岩吉さんは、いったい、どんな悪さをしていたんですか。」

「そういやあ、おれが仲間とつるんで悪さをしはじめたのは、おめえぐれえの年だったたかな。」

茶碗《ちゃわん》を両手でつつんで少しずつ飲みながら、岩吉が話しだした。

「まあ、花札ばくちをやったり、金持ちのどら息子《むすこ》をおどしたり、ろくでもないものを高い値《ね》で押《お》し売《う》りしたぐらいで、それほどの悪さじゃねえが。」

いやいや、かなりの悪さだ。

「ところが、一年ほど前、おどしていた若《わか》だんなが用心棒《ようじんぼう》をやといやがって、刀きずをおわされてよ。順安《じゅんあん》先生の治療所《ちりょうじょ》で手当てをうけたときに、いあわせた雷電関に説教されたのさ。『おまえさんのやっているのは、どこから見てもゆすりたかりだ。小伝馬町の牢《ろう》獄《ごく》へ送られたら、御定法《ごじょうほう》によりさらし首だぞ。』っていわれてよ。」

「人をおどしただけで、さらし首!」

御定法というのは、お上《かみ》が決めた法律《ほうりつ》らしいけど、かなり、すごい。

「親にもらっためぐまれた体を生かして相撲取《すもうと》りにならねえかって、雷電関にすすめられたのさ。きず口にさらしを巻《ま》いてくれたはるかさんも、おれのことをじっと見るんだ。なんか、その目には必死な願いみてえなもんがこもっていてよ。そんときからおれは、雷電関の弟子《でし》になったってわけさ。」

岩吉が二度と悪さをしないための鍵《かぎ》は、はるかさんがにぎっているような気がした。

「あの……はるかさんは、どうして声が出せないのでござんすか。」

「まだ小さいころ、嵐《あらし》の夜に、江戸の海からせりあがってきた高潮《たかしお》のせいで、ふた親が目の前で大川《おおかわ》にのみこまれたときからみてえだ。はるかさんだけは、高いところへ押《お》しあげられて助かったらしい。」

ショックで声が出なくなったのかもしれない。

「岩吉さんのご両親は？」

ふっと岩吉の口もとがゆがんだ。

「火事でやけ死んじまったさ。おれが十三のときだから、もう五年になるかな。」

江戸は火事が多いようだ。せまい場所に長屋《ながや》がひしめきあっているので、火はすぐに燃《も》えひろがる。消防《しょうぼう》自動車もないし、火消し人足は、火の勢《いきお》いを止めるため、まわりの家を引きたおすらしい。

だから、江戸の人たちの多くは借家に住み、家具などの持ちものは必要最小限《さいしょうげん》におさえているとか。

その火事で岩吉が死なずに生き残ってくれたおかげで、いまの太郎がいるのだ。勝手に祖先《そせん》だと決めつけているのが、自分でもおかしいけど。

岩吉の指がのびてきて、太郎のひたいの大仏《だいぶつ》ぼくろをぴっとおさえる。

「このほくろといい、がんこそうな四角っぽい顔といい、大きめの口といい、おれとおめえはよくにているよな。」

「ちがうのは、にらみつけるような目でござんしょうか。」

「にらむのは、生まれついてのことじゃねえ。十三のときから、ひとりで生きてきたあいだには、はらわたがにえくりかえるようなことが、口ではいえないほどあったさ。にらみつけてねえと、自分の気持ちが負けてしまって、きょうまで生きてはこられなかっただろうよ。相撲取《すもうと》りをめざすようになってからも、相変わらず、くやしいことは多いけどな。」

「なかなか番付《ばんづけ》にのらないからですか。」

「それは自分の努力が足りねえだけさ。いまに大関《おおぜき》までかけあがってみせる。ところが、血のにじむようなけいこをつんで、やっと土俵《どひょう》にあがれるのに、相撲取りは、まともな人間じゃねえみてえにいうやつがいる。体がでかくて、力が強いから、ふつうの人間とは思えねえんだとよ。やつらは、自分たちと少しでもちがうところがあれば、見くだし、さげすみ、笑いものにするのさ。」

「おかしいよ、そんなこと！」

そのとき、表戸《おもてど》がいそがしく鳴った。

「なんだ、あけみのやつ、もどってきたのか。」

岩吉が戸をあけると、男がひとり入ってきてぴしゃっと閉《し》めた。まるでだれかに追われているみたいに。

向きなおった背《せ》の低い男が、にやっと笑う。

「久《ひさ》しぶりだな、岩吉。」

「源次《げんじ》じゃねえか。いってえ、どうしたんでい。こんなところまで訪《たず》ねてくるなんて。」

「じつは、耳に入れておきてえことがあってよ。」

岩吉の目つきが変わるのがわかった。

「おっと。いまおれは、まっとうに生きているんだ。昔みてえにおめえらとつるんで悪さをする気は、これっぽっちもねえぜ。」

源次と呼《よ》ばれた男が、口もとにうす笑いをうかべて、下から岩吉を見あげた。

「そんなんじゃねえ。おめえにとって、でえじな話さ。」

「いってえ、なんだってんだよ。」

源次が、板の間にいる太郎のほうをちらっと見た。

「あの小坊主《こぼうず》は？」

「おれの親戚《しんせき》だから、でえじょうぶだ。」

それでも源次は、背《せ》のびして岩吉の耳もとでなにごとかささやいた。

とたんに岩吉が、源次のえりをつかんでしめあげる。

「なにっ、はるかさんを！　いってえどこへ！」

「ぐっ、くる……しい。手、手を……。」

岩吉が、えりから手をはなすと、ぜえぜえ息をしながら答える。

「ぜ、善国寺《ぜんこくじ》の焼けあとさ。」

「そこに、猪《い》ノ助《すけ》もいるんだな。」

「ああ。おれは、おめえのために、猪ノ助にないしょで知らせに来てやったんだぜ。」

岩吉が、源次を突《つ》き飛《と》ばすようにして戸口へ走る。

「くそっ、ゆるせねえ。」

思いきり戸を引きあけて飛びだしていった。

源次も、「ちぇ、ばか力めが。」とつばをはいて出ていった。

太郎も、あわてて土間《どま》に飛びおり、雷電宅《らいでんたく》へまっしぐら。

3

さいわい、雷電は帰宅《きたく》していた。太郎の話を途中《とちゅう》まで聞くや、ものもいわずに外へ飛びだした。

「あっ、待って！」

まだ場所を伝えていない。あわてて太郎も飛びだす。

「善国寺の焼けあとです。」

「ありゃ、道が反対だ。」

と足を止めた雷電が、にが笑いをする。

「わしは昔から、とんだそこつ者でござんした。」

「えっ、おいらもそこつ者です。」

こんなときなのに、おかしくて笑いながら走った。

朝げいこをしていた松江藩中屋敷《なかやしき》の向かいのわき道へ入ると、くずれた土塀《どべい》が見えてきた。善国寺の焼けあとらしい。

土塀《どべい》のすきまから境内《けいだい》へ入ったら、お堂があった。屋根がわらは落ち、まわりの白かべもかなりくずれているが、お堂の建物自体は焼け残っていた。

すぐ横に、釣《つ》り鐘《がね》堂《どう》の土台だったらしい石垣《いしがき》がある。その石垣のかげに雷電と太郎は身をひそめた。

岩吉がお堂の階段《かいだん》の下で正座《せいざ》をしているのが見える。

あけはなたれたとびらの前には、ひょろりと背《せ》の高い男が、あいくちとかいう短い刃《は》ものをにぎっている。この男が「猪ノ助」というやつらしい。

お堂の中には、灰色《はいいろ》の作務衣《さむえ》すがたの人かげがあった。

——はるかさんだ！

柱にくくられ、床《ゆか》にすわらされているようで、そばには、さっき岩吉のところに来た源次という男がいた。なんと、はるかさんの顔にあいくちを突《つ》きつけている。

正座したままの岩吉が、くやしそうな声をあげる。

「源次、てめえ、だましたな。」

「おれは、おめえを呼《よ》びだしにいっただけさ。思っていたとおり、大あわてですっ飛んできやがったぜ。」

とびらの前に立つ猪ノ助という男が、にやりと笑う。

「いいか岩吉。正座《せいざ》したまま話を聞きな。もしへんなまねをしたら、かわいい女の顔にきずがつくぜ。」

「猪ノ助。てめえ、おれが、はるかさんをたいせつに思っていることを知っていて、さらいやがったな。それが、むかしの仲間に対してすることか。」

「仲間をぬけたもんは、もう仲間じゃねえやな。」

「おれにいいたいことがあるなら、ひきょうな手を使わずに、正々堂々といったらどうなんだ。」

「なら、いってやろう。おめえ、相撲《すもう》小屋の大札場《おおふだば》の手伝いをしているんだってな。」

「だから、なんだってんだ。」

「入場用の木戸札の売り上げは、どのぐれえになるのかと思ってな。なんせ、二、三千人の客が入るっていうから、百両はくだらねえだろう。」

「ばかげたことを考えるんじゃねえ。十両ぬすんだら首が飛ぶんだぜ。」

「なにもぜんぶいただこうってわけじゃねえ。おめえは、大札場にたまった銭《ぜに》を相撲会所《すもうかいしょ》へ運ぶ手伝いもしているようだし、わからねえように少しこっちへ回してくれればいいのさ。」

「じょうだんじゃねえ。銭《ぜに》と売れた木戸札の枚数《まいすう》は、ちゃんと勘定《かんじょう》して帳尻《ちょうじり》をあわせてあるんだ。ごまかすことなんて、できっこねえ。」

「だから、おれがおめえからかっぱらってやるのさ。手向かいをしねえで、知らぬ顔をしていれば、それでいいんだ。」

「やめておけ。そんなことをしてみろ、ほんとうの悪党《あくとう》になっちまって、足があらえなくなるぜ。」

「これが最後だ。手に入れた大金を元手に、なにかおもしれえ商売でもはじめようかと思っているのさ。」

「世の中、そんなにあまくはねえぜ。」

「いまのせりふ、そっくりおめえに返すぜ。おとなしくおれのいうとおりにしねえと、どうなるかわかってるんだろうな。」

と、にぎったあいくちを、はるかさんのほうへ向ける。

「猪ノ助、はるかさんに指一本でもふれてみろ、ただじゃすまねえぞ。」

「おめえが素直《すなお》にいうことをきくなら、おれはなにもしやしねえよ。」

「そんな悪事の片棒《かたぼう》をかつげるわけがねえだろう。」

歯がみをしている岩吉を横目で見ながら、雷電がうごいた。

目で太郎に合図し、ふたりは石垣《いしがき》のかげからそっとお堂のうらにまわる。

縁《えん》の下《した》にころがっていた太い丸太をつかんで、雷電がささやく。

「わしがお堂のかべを突《つ》きくずしやすから、そのすきに、中へ飛びこんで、はるかさんを助けてやっておくんなせえ。」

「ええっ！」

しごくあたりまえみたいにいうけど、そんなことできっこない。

あわてて首を横にふる。

「お、おいらには、むりです。」

「太郎吉つぁん。ここはおたがいに、捨《す》て身《み》のそこつ者ぶりを発揮《はっき》するしかありやせんぜ。」

その言葉をのこして雷電は、お堂の縁がわにあがった。あがるやいなや、丸太でかべを思いきり突いた。どさっと音がして、かべがくずれた。さらに突きくずしたら、中が見えるほどの穴《あな》があいた。雷電には小さすぎるけど、太郎ならくぐりぬけられる。

穴の向こうでは源次が、なにがおこったのか理解《りかい》できないような顔をして、ぼうっと突《つ》っ立《た》ってこっちを見ている。

その胸《むね》を雷電が丸太でどんと突く。ぶっ飛んだ源次の手からあいくちがころがった。

――よしっ、おいらも捨《す》て身《み》のそこつ者ぶりを見せてやる！

太郎は穴から中へころがりこんだ。気を失っている源次のあいくちをひろい、はるかさんのうしろへまわった。しばられたなわのあいだに、その刃《は》ものをさしこむ。

「てめえ、なにをしやがる！」

どなり声とともに、猪ノ助がお堂の中へかけこんできた。その手に、あいくちがキラリと光る。

「うわっ。」

太郎は、うしろへのけぞった。のけぞったひょうしに、力が入ってなわが切れた。

立ちあがったはるかさんを、走りこんできた岩吉がだきとめ、うしろへかばう。

猪ノ助が、あいくちを前に突きだす。

「岩吉、おれのいうことをきけ。」

「よせ、頭を冷やすんだ。」

「おれは本気だぜ。」

じりっと前へ出たとき、どっしりした声がひびいた。

「やめろ、そこまでだ。」

いつのまにか穴《あな》をひろげて入ってきた雷電が、丸太を手に仁王立《におうだ》ち。

「刃《は》ものをおさめなせえ。」

ふりむいた猪ノ助が、「わおおっ。」と、けものみたいな声をあげて、体ごと雷電にぶつかっていった。

――刺《さ》される！

カシッと音がして、はね飛ばされたようにころがったのは、猪ノ助だった。雷電のにぎった丸太に、あいくちが突《つ》きささっている。

かべぎわまでころがった猪ノ助が、おびえた顔をして上半身を起こした。

そのようすを見おろしながら、雷電が岩吉に声をかける。

「どうする。このまま、お奉行所《ぶぎょうしょ》へ突きだすかい。かどわかしは死罪《しざい》だぜ。」

はるかさんをだきとめたまま、岩吉が首を横にふる。

「どうか、かんにんしてやっておくんなせえ。むかしおれは、こいつらの仲間だったんです。雷電関にひろわれるまで、悪さばっかりしていたおれを仲間としてみとめてくれたのは、こいつらだけでやんした。」

「その仲間が、はるかさんをかどわかしたんだぞ。」

「はるかさんをきずつけるつもりはなかったんだと思いやす。雷電関にあいくちを向けたのも、頭に血がのぼったからでござんしょう。おれとおなじで、猪ノ助はすぐにカッとくる悪いくせがござんすが、ほんとうは気の小せえやつで……。どうか今回だけは、ゆるしてやっておくんなせえ。」

「はるかさん、こわい目にあったのは、おまえさんだ。どうしなさるね。お奉行所《ぶぎょうしょ》へ突《つ》きだしやしょうか。」

はるかさんが強く首を横にふる。

その大きな目が、じっと猪ノ助を見つめる。

言葉は発しないが、目の光が強い思いを発していた。

その目に見つめられた猪ノ助が、はるかさんに深々と頭をさげる。

「す……すまなかった。どうか、ゆるしてくんな。」

はるかさんの形のいいあごが、こっくりとうなずいた。

雷電の口もとに、ほほえみがうかぶ。

「岩吉。この男は立ちなおれると思うかい。」

「それは、わかりやせん。けど、死罪《しざい》をまぬがれるのでしたら、これにこりるはずでござんす。なあ、猪ノ助？」

猪ノ助が、がくがくと頭をさげた。

雷電も声をかける。

「猪ノ助さんとやら、はやく自分のやりてえことを見つけて、岩吉みてえに、まっとうに生きなせえよ。」

「へい……。す、すまんことをいたしやした。どうか、かんべんしておくんなせえ。」

猪ノ助が、床《ゆか》に頭をこすりつけた。

そのとき、「ううっ。」と、気を失っていた源次のうめき声が聞こえた。

はるかさんが、そばへ寄《よ》って片《かた》ひざをつき、源次の着物の胸《むね》をひろげる。雷電に突《つ》かれた丸太のあとが、まっ赤《か》になっている。

はるかさんの白い手が、その胸を軽くおさえる。

「い、いてえ！」と、源次が顔をしかめる。

その手が、さらにあちらこちらとおさえていく。源次は、そのたびに、うめいたり、さけんだりする。

はるかさんが、岩吉に向かって声をだささずになにかいう。

その口もとを見ていた岩吉が、うなずく。

「あばら骨《ぼね》が折れているらしい。」

「骨折《こっせつ》の治療《ちりょう》なら、順安先生がなれている。わしがかかえていこう。」

雷電は、源次の体の下に手をすべりこませ、軽々とだきあげると、お堂の階段《かいだん》をおりて走りだす。ほかの四人も、あわててあとを追った。

4

順安先生は、かけこんできた一団《いちだん》を見て、目を白黒させた。

「おっ、この顔ぶれは、いってえどういう組みあわせだい。」

治療台の上に寝《ね》かされた源次の胸《むね》をさわると、首を横にふった。

「こりゃ、だめだな。」

猪ノ助と岩吉が、同時に声をあげる。

「えっ、死んじまうんですかい。」

源次も目と口をいっぱいにひらく。

順安先生がどなる。

「地獄《じごく》に落ちるがいい。はるかが岩吉のところへ、つくろいものを届《とど》けるっていうから、ひとりで行かせたんだが、そこをさらったんだな。むかしの仲間の恋心《こいごころ》をもてあそぶなんざ、人間のすることじゃねえ。さっさとくたばっちまえ。」

源次は目を閉《と》じ、猪ノ助は首をうなだれた。

順安先生があごひげをしごいて、にやりと笑う。

「でえじょうぶだよ。人間、これぐれえで死にゃあしねえよ。痛《いた》みどめを飲んでつけ薬をはっておきゃ、そのうち動けるようになるだろう。まっ、しばらくは、おとなしく養生することったな。」

はるかさんが、源次の胸《むね》につけ薬をぺたっとはり、上半身をささえて薬を飲ませた。

ついさっきまで刃《は》ものを突《つ》きつけられていた相手に対し、せっせと治療《ちりょう》をするはるかさんのすがたに、太郎はひたすらみとれていた。

——なんてすてきな人なんだ。

もし、この人が岩吉といっしょになって、祖先《そせん》になってくれたら、うれしい。はじめて会ったとき、ぴぴっときたのは、そのせいかもしれない。

雷電の大きな手が、太郎の肩《かた》を軽くたたいた。

「さてと……あとは岩吉と猪ノ助さんにまかせて、わしらは汗《あせ》とほこりを落としに、湯屋へでも行きますかい。」

すると、順安先生が聞いてきた。

「小坊主《こぼうず》さんよ、江戸は、どうでい。」

「いろんな人がいて、おもしろうござんす。」

ほんとうは、おもしろさとこわさと半分ずつだが。

「そりゃ、よかった。せいぜい楽しむこったな。」

太郎は雷電とともに外へ出た。

すぐ近くに、「ゆ」と書いた旗がゆれているところがあり、「男」と染《そ》めてあるのれんをくぐって土間《どま》へ入った。

「おやっ、雷電関。きょうは、雨で相撲《すもう》がお休みだったのに、わざわざ寄《よ》っておくんなすったんですね。」

と、入り口の高い台にすわっていた風呂屋《ふろや》のおかみさんらしい人が、銭《ぜに》を受けとり、手ぬぐいを貸《か》してくれる。

「ちょいとやぼ用があってね。」

「まあ、かわいい小坊主《こぼうず》さんだこと。」

「親戚《しんせき》の者でござんす。」

土間《どま》から板の間にあがると、はきもの置き場があった。

すべて雷電のするとおり、まねをする。太郎の家には風呂があるけど、信州《しんしゅう》のじいちゃんとこへ行ったとき、温泉《おんせん》に入ったことがある。

かべの戸棚《とだな》に、ぬいだ衣装《いしょう》を入れ、数人が体をあらっている板の間をとおり、せまい門みたいなところをくぐると、湯気のあがっている浴槽《よくそう》があった。

窓《まど》がなくて、小さな皿の上にろうそくが一本ともっているだけなので暗い。顔まで見えないけど、浴槽につかっている客は、ひとりだけ。まだ時間がはやいのかもしれない。

雷電が肩《かた》までつかると、浴槽の湯が一気に上へせりあがった。すると、ひとりいた客が、あらい場へ出ていった。

「ふう、ごくらく、ごくらく。」

と雷電がつぶやいたので、太郎はおかしかった。

「じいちゃんも、温泉《おんせん》につかったとき、そういいますよ。」

「古今東西、安楽でしあわせな気分のときはおなじせりふが出るのでござんすな。わしは、相撲《すもう》で全力をつくしたあと、ここで汗《あせ》をながすときが、いつもごくらくでござんす。」

「雷電関って、子どものころから相撲取りになろうと思っていたのですか。」

少し間があってから、答えが返ってきた。

「家のあとをついで百姓《ひゃくしょう》をする気でござんした。太郎吉つぁんは、天ぷら屋をつぐ気でござんすか。」

「まだわかりません。でも、あれこれ味を工夫《くふう》している父さんは好きです。」

「わしは、十五のときに、近在《きんざい》の村の庄屋《しょうや》さまの筆子《ふでこ》になりやした。」

「ふでこ?」

「読み書きそろばんをはじめ、四書五経《ししょごきょう》など漢籍《かんせき》の古典を教えてもらう門弟《もんてい》ですな。さらに庄屋さまのすすめで、近くのお寺の住職《じゅうしょく》さまのところでもきびしい修業《しゅぎょう》を受けまし

風呂屋《ふろや》の浴槽《よくそう》につかる雷電と太郎。

た。」

「学問ばかりで、相撲《すもう》はしてなかったんですね。」

「ところがどっこい、その庄屋《しょうや》さまが無類の相撲好きで、近くの神社の境内《けいだい》に土俵《どひょう》をつくって、筆子たちの心身錬磨《れんま》の場としていたのでござんすよ。そこでわしは、相撲もきたえられやした。」

「江戸へ出てきたのは、いくつのときだったのですか。」

「十八でやした。庄屋さまと親しい浦風《うらかぜ》親方に口説《くど》き落《お》とされ、父母と家のことが気になりながらも、江戸へ出たのでござんす。浦風親方は、わしを当時実力も人気も随一《ずいいち》の谷風《たにかぜ》梶之助関《かじのすけぜき》に、内弟子《うちでし》として預《あず》けたのです。」

雷電は、少しのあいだ、浴場の天井《てんじょう》を見あげ、昔を思いだしているような顔をした。

「ひたすらきびしいけいこの明《あ》け暮《く》れでござんした。一年がたち、二年がすぎ、三年の月日が流れても、わしは、番付のいちばん下にさえ名前をのせてもらえませんでした。あのころは、ふるさとの父母のことをよく思いだしたものでござんす。」

雷電が、両手でざぶっと顔をあらう。

「谷風関に背骨《せぼね》がきしむほどのけいこをつけられて、親方の家へ帰る道は、いつもたそがれどき。団子坂《だんござか》の上から、根津権現《ねづごんげん》の桜《さくら》を見ながら、信州のおそい春をしのんだものです。ふるさとの春は、黄色い菜の花のうしろに、うす紅色《べにいろ》の桜並木《さくらなみき》、さらにそのむこうには、白い残雪をかぶった浅間山《あさまやま》がうかんでおりやした……。」

太郎は、ほっとした。ほっとすると同時に、いままで以上の親しみをおぼえた。完璧《かんぺき》とも思える雷電にも、そんな日々があったのだ。

「江戸へ来て六年後、わしが二十四のとき、やっと番付《ばんづけ》にのりました。ふつうはいちばん下の五段目《だんめ》からはじまり、四段目、三段目とあがっていくのに、いきなり一段目の西の関《せき》脇《わけ》につけだされたのですよ。」

雷電の声が、そのときの喜びを思いだしたかのように、はずんだ。

「すごいですね！」

現代《げんだい》なら、ぜったいにありえない。きびしいけいこに耐《た》えた実力をみとめられたからこそ、一気に関脇につけだされたのだろう。

「それが、九十六・二パーセントの勝率《しょうりつ》を残し、史上最強の力士といわれる雷電関の出発点だったんですね。」

「九十六・二ぱーせんとなんとかというのは、なんでござんしょう。」

「ええっと、たとえば相撲《すもう》を百番とったら、九十六番は勝つということです。関脇《せきわけ》つけだし場所の成績《せいせき》は、どうだったんですか。」

「八勝してふたつの預《あず》かり。」

ひと場所十日だから、この成績もすごい。

「その預かりのひとつが小野川関《おのがわぜき》だったんです。」

「やっぱり小野川関とは、因縁《いんねん》があるんですね。」

「ああ、だから……。」

といいかけて、雷電は口をつぐんだ。もしだれかに聞かれたらと思ったようだ。

「あす、ふれ太鼓《だいこ》が町々をまわれば、あさっては、小野川関との対戦が待っておりやす。いい相撲を取りたいものでござんす。」

「楽しみでござんす。」

「太郎吉つぁんとしゃべっているうちに、久《ひさ》しぶりに、故郷《こきょう》や若《わか》いころのことなど思いだしました。楽しかったです。さて、あがりやしょうか。」

ふたりいっしょに、ざざーっと、いきおいよく湯をはね飛ばして立ちあがった。

六 賭《か》け

1

江戸《えど》へ来て三日目の朝は、ピキーンと晴れあがっていた。

太郎《たろう》は、顔をつめたい井戸水《いどみず》であらいながら、大きくのびをした。こちらへ来て、生まれてはじめて井戸水というものを飲んだが、味がやわらかい。これは、天ぷらの衣《ころも》づくりにも、いい水だと思う。もとの世界へ帰ったら、父さんに教えてあげねば。

あけみちゃんも、この共同井戸へ来て、太郎の横で顔をあらっている。

「きょうも、おとっさまをむかえにいこうね。」

この子のたのみは、ことわれないし、ことわってはいけない。

「うん。朝げいこを見たら、心も体もしゃきっとするもんね。」

「太郎吉《たろきち》兄ちゃん、あのお寺の和尚《おしょう》さん、知ってる?」

この井戸《いど》ばたからは、お寺の参道が見えている。左手には木々にかこまれた墓地《ぼち》があるようだ。

「おいらは、信州《しんしゅう》の小坊主《こぼうず》だから、江戸の和尚さんは知らないんだ。」

「こわくなくて、やさしい和尚さんだよ。」

ふと、そのお寺の参道から、墓地のあるほうへ曲がった人かげが目についた。

「あれっ?」

天ぷら屋の千香《ちか》のようだ。

——こんなに朝はやくから、お墓参りかな?

「あけみちゃん、おうちへ帰って、ちょっとだけ待っててね。」

「どこへ行くの。」

「うらのお寺。」

「和尚さんに、ごあいさつしてくるのね。行ってらっしゃい。」

「あっ、いや、まあ、すぐ帰ってくるからね。」

急いで表通りへ飛びだし、お寺の山門まで走った。「心法寺《しんぽうじ》」と記してある境内《けいだい》へ入ろうとしたら、はり紙が目についた。

本日　昼九つ半からと　夕七つから
　おとしばなし、こうしゃく、てづま　あります

お寺で、こんな見せものがあるんだ。できれば観《み》てみたい。

境内《けいだい》に入ると、参道の正面にかわら屋根のどっしりした本堂が見えた。参道の左手に、墓石《はかいし》や墓標《ぼひょう》が立ちならんでいる。

その墓地に入って、あちこちさがしていたら、はしっこのほうに女の子がひとり、しゃがみこんで両手をあわせていた。

やはり千香だ。盛《も》りあげた土の上に丸い石がのせてあるだけのお墓に、つんできたらしい草花をそなえて、おがんでいる。

太郎は、少しはなれたところに、だまって立っていた。

千香があわせていた両手をおろして、つっと立ちあがった。こちらをふりむき、

「あっ。」と声をあげる。

そうでなくてもすいこまれそうなほど大きな黒い目が、いっぱいにひらかれている。ふいに質問《しつもん》が飛んできた。

「そんなところでなにをしているの。」

丸みのある声が、少しとがって聞こえた。

まともに答えられなくて、反対に問いかえす。

「だれのお墓《はか》?」

「お父《とっ》つぁんの命の恩人《おんじん》よ。きょうが命日なの。」

ああ、やっぱりこの声はいい。ほわりとつつみこまれるようで、心がほっとする。

「大火事のとき、お父つぁんは、たおれた梁《はり》の下敷《したじ》きになって、もう息が止まっていたのに、胸《むね》を押《お》したり口から息を吹《ふ》きこんだりして助けてくれたのよ。そのあとも、ずっと手当てをしてくれた人なの。」

きっと、人工呼吸《こきゅう》だ。その命の恩人とはおそらく……と思ったが、あえて聞かなかった。

「天ぷらは、いつもはお父つぁんが揚《あ》げているのかい?」

「お父つぁんは、その火事で足にけがして思うように歩けなくなったの。家で魚の下ごしらえなどはしてくれているけどね。」

「だから、きみが……千香ちゃんが屋台で天ぷらを売ってるんだ。」

「でも、このごろあまり売れなくてこまってるの。」

「どうしてかな。」

「天ぷら屋が大はやりでね。雨後の筍《たけのこ》みたいに、屋台があちこちに出ているからよ。」

「天ぷらの揚《あ》げ方《かた》は？」

「お父《とっ》つぁんに習ったとおりにしているわ。」

「あぶらはなにを使っているんだい。」

「ごまあぶらよ。安い菜種《なたね》あぶらを何度も煎《い》りかえして使う店もあるらしいけど、うちは、そんなしみったれたまねはしてないわ。」

太郎の父さんが使っているのは、たしか「太白胡麻油《たいはくごまあぶら》」だ。

「なんというごまあぶら？」

「ごまあぶらは、ごまあぶらよ。」

千香が、きっとまゆをあげた。

「なによ、あんた、天ぷらのことばかり聞くのね。おとといも、うちの天ぷらがおいしくないみたいにいってたわね。」

「いや、あっ、まあ、じつは、そうなんだけど……。」

「ほっといてよ。お寺の小坊主《こぼうず》さんに、あれこれいわれるすじあいはないわ。」

「ごめん。おいら、ほんとうは天ぷら屋の息子《むすこ》なんだ。」

千香が、丸い目をさらに丸くする。

「天ぷら屋の息子が、なんでお坊さんの衣《ころも》を着ているのよ。」

「まあ、いろいろあってさ。それより、天ぷらの衣には薄力粉《はくりきこ》を使っているのかい。」

「はくりきこ?」

江戸では、なんていうのだろう。

千香が、疑《うたが》わしそうな目をして、つぶやく。

「そういえば……たしか英二《えいじ》先生も、ハクリキコがどうとか……。」

聞《き》き捨《す》てならない言葉だ。

「英二先生が、どうしたって?」

「あっ、な、なんでもないわ。わすれてちょうだい。あたし、天ぷらを揚《あ》げるしたくがあるから、いそがしいの。じゃ、信州の小坊主さん。天ぷらのことより、しっかり修行《しゅぎょう》にはげんでね。」

千香は、さっさと墓地《ぼち》から出ていった。

英二さんは、「お上《かみ》にさからった不届《ふとど》き者《もの》」として、お経《きょう》をあげることもゆるされなかったから、手当てをしてもらった人たちが、はなれたお寺の墓地にこっそりうめたと聞いている。だから、お参りも、こっそりしているのだろう。

もうちょっと話したかった。なんとかして、千香の屋台の天ぷらが売れるように手助けしたい。

太郎は、その丸石をのせただけのお墓《はか》の前にひざまずいた。

もとの世界へ帰れないまま、ここにねむっている英二さんのくやしい気持ちを思い、静かに両手をあわせた。

2

あけみちゃんと手をつないで松江藩《まつえはん》の中屋敷《なかやしき》へ向かった。

つないだ手を大きくふりながら、あけみちゃんが、はずむように歩く。

「太郎吉兄ちゃん。あたいね、うれしいの。」

「えっ、なにが？」

「前から兄ちゃんがほしかったんだ。」

「そっ……そうかい。」

「こうやって、手をつないで歩きたかったの。」

「おいらも、あけみちゃんみたいな妹がほしかったんだ。」

「ほんと？」

「うそをつくと、地獄《じごく》のえんまさまに舌《した》をぬかれるからね。」

「じゃ、旅に出ないで、ずっといっしょにいてくれる？」

それはむりだ。一日でもはやくもとの世界へもどりたいから……。

でも、こうして雷電宅《らいでんたく》で過《す》ごすうちに、しだいに自分が江戸になじんできた気がする。

ましてや、あけみちゃんは来年の夏にあの世へいってしまうのだ。それまで、いっしょにいてやれないだろうか。

ぶるるっと頭をふった。

——いや、とてもむりだ。

生まれてから、これほどひとつのことで、なやんだことはなかった。いままでは、そこつ者なのでぱぱっと決めてきた。だが、あけみちゃんのことだけは、どうすればいいのか、あれこれ思いなやむばかりだ。

やがて、中屋敷《なかやしき》に着いた。門前に立ったら、江戸八百八町《はっぴゃくやちょう》で評判《ひょうばん》だという猛《もう》げいこの声が聞こえてきた。

門番にあいさつをして、くぐり戸から中へ入る。

けいこ場の戸をあけると、きのうとおなじ熱気につつまれた。

やはり、ぼーっと突《つ》っ立《た》っている者は、ひとりもいない。てんでに、柱を突いたり、すり足をしたり、四股《しこ》をふんだり……。

土俵《どひょう》で仁王立《におうだ》ちになっている雷電の胸《むね》にぶつかっているのは、なんと岩吉《いわきち》だった。

ぶつかっては、はじき飛ばされ、ころがされ、ほうり投げられる。それでも、立ちあがっては、ぶつかっていく。

目には、強い光があったが、あのなにかをにらみつけるようなものではなかった。体中が、汗《あせ》と砂《すな》にまみれていた。それでも、岩吉は頭を低くさげて雷電の胸にぶつかっていく。

岩吉がいくらぶつかっても、雷電はびくともしません。

雷電の胸《むね》は、すでにまっ赤《か》になっている。

見ている太郎の胸に、あついものがこみあげてきた。

自分の祖先《そせん》の岩吉が、これほどの気力をもってけいこにはげんでいる。

彼《かれ》はいま、ほんとうの力士をめざして必死で立ち向かっているのだ。

ふいにうしろで、けいこ場の戸が横に引かれた。

腰《こし》に大小を差した年配の武士《ぶし》が、ふたりの供《とも》を連れて入ってきた。

気づいた力士たちが、いっせいに頭をさげる。土俵上《どひょうじょう》の雷電も、岩吉とともに土俵からおりた。

「これは、留守居役《るすいやく》さま。」

留守居役と呼《よ》ばれた年配の武士が、ゆったりとうなずく。

「雷電。きょうまでの八戦全勝、あっぱれであるぞ。殿《との》はいたってお喜びである。」

「はっ、ありがたきしあわせ。」

どうやら、雷電たちをめしかかえている松江藩のえらい人のようだ。

「千田川《せんだがわ》の七勝一敗も、みごとな星じゃ。」

そういわれた千田川という力士が頭をさげる。

「小野川関《おのがわぜき》に一敗したことが、くやまれます。」

「そのかたきを、あすの相撲《すもう》で雷電がとってくれるわ。」

松江藩の「留守居役《るすいやく》さま」が、雷電のほうに向きなおって命じる。

「かならず勝つのだぞ。しかも、久留米藩士《くるめはんし》から物言いがつくような勝ち方ではなく、だれが見ても文句《もんく》のつけようのない相撲でな。」

「これまでにきたえた技《わざ》と力のすべてを出しきって、東西の大関《おおぜき》対戦にふさわしい相撲を取ってみせます。それは、小野川関もおなじ思いのはずでござんす。」

留守居役が少しまゆを寄《よ》せた。「小野川関もおなじ思いのはず」と雷電がいったのが、気に入らなかったのかもしれない。

「じつはな、殿《との》が、この勝負にたいせつなものを賭《か》けられたのじゃ。」

雷電が、一瞬《いっしゅん》びくっとした。

「お殿さまが、賭けをなされたのですか。」

「うむ。茶道《さどう》の名器、井戸茶碗《いどちゃわん》を賭けられた。」

「茶道の茶碗を……。」

雷電が、くちびるをかんだ。

「それで、賭《か》けのお相手は、どなたでござんすか。」

「久留米藩主の有馬頼貴公《ありまよりたかこう》じゃ。あちらはオランダより仕入れた異国《いこく》のチンという犬を賭けられたそうじゃ。」

「その賭けは、いつ決まったのでござんしょう。」

「二日前じゃが。」

「それで……。」と、雷電が大きくうなずく。

「どうかいたしたか。」

「いえ、なにも。」

太郎は気づいた。二日前といえば、久留米藩の有馬火消しにとりかこまれた日だ。雷電が「うらになにかある。」といっていたが、きっとこの賭けのことだろう。

「茶碗《ちゃわん》も犬も、けたはずれに高価《こうか》なものじゃ。そのほうたちが、さか立ちしても手に入れられぬほどの値打《ねう》ちがある。わが殿《との》も、有馬公も、それはそれはたいせつにしておられる。ふたりの勝負には、そのような貴重《きちょう》な品ものが賭けられていることを、肝《きも》にめいじて土俵《どひょう》にあがるのじゃぞ。」

雷電が短く答える。

「心得ました。」

太郎は、いやな気がした。

チンという犬は、現代《げんだい》にもいる。ふさふさの毛で、耳がたれていて、黒い目がかわいい。でも「品もの」ではない、生きものだ。

力士たちが、命がけでぶつかりあう勝負に、どうしてそんな賭《か》けをするのか。殿《との》さまどうしが高価《こうか》なものを賭けて、それぞれのおかかえ力士をあおりたてるなんて、ひどすぎる。雷電たちの相撲《すもう》が、けがされるような気がした。

「おたずねいたしやすが。」

と、思いきったように雷電が留守居役《るすいやく》に問いかける。

「それほどたいせつなものなのに、なにゆえ賭けなどなされたのでござんしょう。いったい、どちらが賭けの口火を切られたのでござんすか。」

留守居役のひたいに、青筋《あおすじ》がたった。

「おまえたちが、つべこべいうことではない。出すぎたことを口にすれば、おしかりを受けるぞ。」

「はっ、申《もう》し訳《わけ》ございません。」

「身のほどをわきまえろ。」

つめたくいいはなった留守居役《るすいやく》は、そのままけいこ場をあとにした。

頭をさげて見送る雷電の目もとが、悲しげに見えた。

留守居役のすがたが板戸のむこうに消えると、雷電がなにかをふっきるようにぱんぱんと手を打ちあわせた。

「わしらは、賭《か》けとはかかわりなく、日ごろきたえた体を思いきりぶつけあい、力と技《わざ》をきそいあうのみでござんす。さあ、きょうは、ふれ太鼓《だいこ》が町々をまわるかもしれぬ。そしたら、あすは九日目だ。性根《しょうね》をすえてけいこにはげもうぞ。」

力士たちが、いっせいに声をあげる。

「おおっ。」

七 寄《よ》席《せ》と天ぷら

1

朝げいこのあとは、きょうもおいしい食事が待っていた。

「おっ、とろろ汁《じる》かい。こいつは麦飯にかぎるな。」

さっそく雷電《らいでん》は、どんぶりばちの麦飯の上に、たっぷりとろろ汁をかけて、すするようにかきこみはじめる。

八重《やえ》さんが説明してくれる。

「太郎吉《たろきち》さんは、食べたことあるかな。江戸《えど》の人は大好きなんよ。山芋《やまいも》をおろして、すりばちでよくすって、ダシでのばしてあるの。味つけは、みそ。ごはんがどんどん進むけど、おなかのこなれぐあいがいいから、いくら食べてもだいじょうぶよ。」

「おいら、力士《りきし》っ腹《ぱら》になっちまいそう。」

お膳《ぜん》の上には、卵《たまご》の厚焼《あつや》きものっている。

「おっ、ごちそうだな。」

「八百新《やおしん》さんが卵をたくさん届《とど》けてくださったの。」

どんぶりばちで、三杯《ばい》の麦飯を腹におさめて、はしを置いた雷電が、「羽織《はおり》はかまをたのむ。」と八重さんに伝えた。

「わしは、ちょいと出かける用があるので、太郎吉《たろきっ》つぁんは、ここで……。」

あとは口にしなかったが、どこへも行かずに、ここにいたほうが安全だといっているのだ。

けさ見たお寺のはり紙をふっと思いだした。

「うらの心法寺《しんぽうじ》で、きょう、おとしばなしがあるらしいんですが、行っても、ようござんすか。」

「ああ、太郎吉つぁんは、おとしばなしが好きでしたな。」

太郎《たろう》が落語の練習をしていることをちゃんと覚えていたようだ。

「おとしばなしは、ほんの短い話で、江戸では両国《りょうごく》や浅草《あさくさ》の芝居《しばい》小屋や社寺や空《あ》き店《だな》などでやっているようでござんすよ。」

まだ、本格的《ほんかくてき》な落語の寄席《よせ》はできてないようだ。

八重さんが口をひらいた。

「わたしも、はり紙を見て、行きたいと思っていたのです。」

「なんどきからはじまるんだい。」

「昼の部は、九つ半（一時ごろ）からと書いてありました。」

あけみちゃんが、ねだる。

「あたい、手妻《てづま》を見たい。」

手妻とは、たしか現代《げんだい》の手品のこと。

雷電が、うなずく。

「では八重。太郎吉つぁんとあけみといっしょに、先に行っててくれないか。わしも帰ってきしだい、行くから。」

「はい、わかりました。」

というわけで、雷電を送りだしたあと、三人で心法寺へ向かった。

徒歩二、三分で、もう門前だ。

八重さんが説明してくれる。

「もともと、このお寺のご住《じゅう》職《しょく》は、徳川家康公《とくがわいえやすこう》とともに三河《みかわ》から江戸へ来た方だったんですって。江戸へ移住《いじゅう》してくる町人のためのお寺にしたいと考えて、大名や旗本が檀家《だんか》になるのをことわったそうよ。」

「へええ、そんなえらいお坊《ぼう》さんもいるのですね。」

「太郎吉さんとこのお坊さんは、どんな方かしら。」

答えにこまる質問《しつもん》だ。信州《しんしゅう》のじいちゃんを思いだして、「相撲《すもう》の好きな人です。」と返しておいた。

本堂のうらにある講堂《こうどう》で、寄席《よせ》らしきものがひらかれていた。

木戸銭《きどせん》は十六文《もん》（約三百二十円）。客は、昼の部なので少なく、ほとんどがおかみさんたち。ほかには、ひまなようすのご隠居《いんきょ》や、こっそり見に来た感じの商人など。

太郎たちは、前のほうの見やすいところにすわった。

まずは、「おとしばなし」からはじまった。

出ばやしはなくて、いきなり、咄家《はなしか》が出てきて高座《こうざ》にすわる。

めくり台にたらした紙に、「真言亭牛ノ助《しんげんていうしのすけ》」と書いてあった。

「本日は、三題ばなしといたします。お客さま方からいただいた三つのお題をもとに、即興《そっきょう》でおとしばなしをつくってお目にかけましょう。いやいや、お耳に入れましょうでござったな。さあ、どなたでもお題を出してくだされ……。お代はもうはらったなどといわずに、さあ、お題を。」

話の間合いをとるというより、一気にたたみかけて、人を引きずりこむ話し方をする人だ。

客席から、お題の声がかかる。「黄表紙《きびょうし》」「大坂《おおさか》」とつづいてふたつ出た。

すると、咄家《はなしか》がふたつのお題の説明をする。

「もともと子ども向けの絵本だった絵草紙の、文章を少しふやして大人も楽しめるようにしたのが『黄表紙』にございますな。『大坂』は各藩《かくはん》の蔵屋敷《くらやしき》がたちならび、全国の産物があつまるところでございます。さて、あとひとつ、なにか食べもののお題をいただけませんか。」

思わず太郎は「天ぷら。」とさけんだ。

咄家が、こちらを向いて笑顔《えがお》を見せる。

「ほほう、小坊主《こぼうず》さんは、天ぷらがお好きなようでございますな。天ぷらは、十年あまり

「力士長屋《ながや》」のすぐうらの心法寺の講堂《こうどう》が、寄席《よせ》にはやがわり。
真言亭牛ノ助の「おとしばなし」がはじまりましたが……。

前から屋台で売られはじめ、いまや江戸っ子の大好物となりましたな。さてそれでは、この三つのお題から、おとしばなしをひとつひねりだしましょう。」

そういって、ゆっくり客席を見わたしたあと、大きくひとつうなずくや、しゃべりはじめた。

お武家《ぶけ》さまがいらっしゃらないので、話しやすうございます。この江戸には、山東《さんとう》京伝《きょうでん》という黄表紙や洒落本《しゃれぼん》の作者がおります。絵も文も自分で書くという器用な人でして、なかなかの人気作者でございますな。

あるとき、大坂の商人の次男が親にゆるされない相手、好きな芸者とかけおちして江戸へにげてまいりました。この男が住みついたのが、山東京伝さんの裏店《うらだな》でございまして、なにか商売をしたいと思い、山東京伝さんに相談をいたしました。

「この江戸では、屋台でゴマ揚《あ》げっちゅうもんを売ってはりますけど、魚を揚げたもんがありまへん。大坂では、つけ揚げっていいますけど、魚の揚げもんが好まれますのや。江戸でも魚のゴマ揚げが売れるんやないかと思いますねんけど、どうでっしゃろ。」って話しましたんや。

そこで、咄家《はなしか》は手でひたいをポンとひとつたたいた。
「じつは、わても上方《かみがた》の出身でして、つい大坂弁《おおさかべん》が口からころがり出てしまいましたな。なにとぞ、ごかんべんのほどを。さて、話をつづけまひょ。」

山東京伝さんが、魚のゴマ揚《あ》げを食べてみたいっていうんで、さっそく揚げて食べてもらったところ、「おおっ、これはうまい。ぜひ売りだしなさい。」といわれました。そこで、売りだしにあたって、「魚のゴマ揚げより、もっといい名前をつけておくれやす。」とたのんだら、山東京伝さん、「ならば、天麩羅《てんぷら》はどうだ。」

かけおち男、首をかしげて、「天麩羅……って、どういう意味でございますんや。」
「麩《ふ》は天ぷらの衣《ころも》をつくる小麦粉のかすのこと。羅《ら》はうすいものという意味。小麦粉をうすくまぶすとでも思いなされ。おまえさんは住所の定まらぬ天竺浪人《てんじくろうにん》、その天さんが、ぷらりと江戸へ来てはじめた天ぷら。言葉の調子さえよければ、細かいことは気にせずともよいよい。」ってんで、江戸の天ぷらができあがったっていうわけでございます。

太郎は、「山東京伝」という名前を聞いたときから気づいていた。にたような話を父さんから聞いたことがあるが、「ほんとうのところはわからん。」といっていた。

高座《こうざ》で咄家《はなしか》が、まとめに入る。

これで「黄表紙・大坂・天ぷら」の三題ばなしが、ぶじにできあがりましたな。

ただ、この山東京伝さん。いまを去る六年前に、洒落本《しゃれぼん》のことでお上《かみ》から、「世間の風俗《ふうぞく》を乱《みだ》すもの」とおしかりをうけ、手鎖《てぐさり》五十日の刑《けい》を受けてしまったのでございますよ。

おなじころ、恋川春町《こいかわはるまち》という黄表紙作者は、お上の御改革《ごかいかく》をこきおろしたため呼《よ》びだしを受けたんですが、病気を理由に出頭をこばみつづけて、三か月後に亡《な》くなったということでございます。

おっと、天ぷらを食べすぎたせいか、つい口がすべってしまいましたな。

はい、オチが決まりましたところで、三題ばなしの一席は本日これにて。おあとが、よろしいようで。

いっせいに、客席から拍手《はくしゅ》が送られた。

ところが、拍手の音に負けないほどの耳ざわりなダミ声がひびきわたった。

「てめえ、おなわにされてえのかい。」

ふりむくと、いちばんうしろに、おくれてきた雷電がすわっていた。その大きな体のかげから、ひとりの男が立ちあがった。

「銀造《ぎんぞう》親分……。」

とつぶやく声が、客席に広がる。

思わず太郎は首をすくめた。

どうやら、雷電のうしろにかくれて話を聞いていたらしい。

「お上《かみ》の御改革《ごかいかく》を軽《かろ》んじたり、悪しざまにいったりするやつは、見のがすわけにはいかねえんだよ。」

咄家《はなしか》の顔から血の気がひく。

「わたしは御改革に対して、意見を申しあげたわけではございません。話のついでに山東京伝の身におきた事実をそのまま伝えただけでございます。」

「いわんでもよいことをわざわざ口にするのは、どういう了見《りょうけん》でい。」

「それは、天ぷらで口がすべったというオチをつけるためでございます。」

「番屋で、じっくり話を聞かせてもらおうか。」

江戸《えど》東京《とうきょう》博物館《はくぶつかん》で調べたことがある。番屋というのは交番みたいなところだ。入り口には、さすまたや突《つ》き棒《ぼう》など捕《と》りものの道具がそなえてある。いつもは町役人が管理しているが、奉行所《ぶぎょうしょ》のお役人たちも便利に使っていたようだ。

銀造親分が、ずかずかと高座《こうざ》に向かおうとしたとき、どっしりとした声がひびいた。

「待っておくんなんし。」

足を止め、ふりむいた銀造に、雷電がすわったまま話しかける。

「山東京伝が手鎖《てぐさり》の刑《けい》を受けたことを話題にしただけで、番屋へ引っぱられるのでござんしょうか。」

「話題にするのは、お上《かみ》のなさることに文句《もんく》をいいたいからに決まってるんだ。見過《みす》ごすわけにはいかねえな。」

「しかしここへは、ほんのひとときの楽しみに、みんな、十六文《もん》の木戸銭《きどせん》をはらって来ているのでござんす。親分、どうか野暮《やぼ》なことはおっしゃらず、見のがしてやっておくんなせえ。」

　すると、客席からも、つぎつぎに声があがった。

「大目に見てやっておくんなさいよ。」

「お上《かみ》に文句《もんく》をいうなんて大それたこと、だれがするもんですか。」

「銀造親分は、太《ふと》っ腹《ぱら》で有名じゃござんせんか。」

「うるせえ！」

　ダミ声が堂内にひびきわたった。

「雷電。おめえは物知りらしいが、『処士横議《しょしおうぎ》の禁《きん》』ってえのを知っているかい。」

「お上のご政道《せいどう》に対して、町方の者があれこれ議論《ぎろん》するのを禁止することでござんしょう。」

「そのとおりさ。」

　銀造が堂内をにらみまわした。

「てめえら、がたがたぬかすと、その禁令をやぶった罪《つみ》で全員ひっとらえるぜ。お上にたてつくやつは、島送りにして江戸から追いはらってやる。」

　銀造はすばやく咄《はなし》家《か》のそばへ行き、うしろ手にして細いひもをかけた。

雷電が、くいさがる。

「親分。奉行所《ぶぎょうしょ》のお役人がいっしょでないときは、勝手になわはかけられねえんじゃござんせんか。」

「いやなやつだな、おめえは。こりゃ、なわじゃねえ。おれの腰《こし》ひもだ。さあ、立ちやがれ。」

銀造は、咄家《はなしか》をむりやりに立たせて、講堂《こうどう》から連れ去った。

太郎は、ぶるっと身ぶるいした。

――おいらも、あんなおそろしいやつに目をつけられているのだ。

自分が英二《えいじ》さんとおなじ「時の迷い人《まよびと》」だと、けっして知られてはならない。これまで以上に、気をつけなければ。

銀造がいなくなると、つぎの演目《えんもく》、「曾我物語《そがものがたり》」というあだ討《う》ちものの講談がはじまった。

その語りは、太郎の頭の上を素通《すどお》りして耳に入らなかった。

最後に見たのは、手妻《てづま》。

重苦しい空気が残るなかでも、楽しいおしゃべりをしながら手品を披露《ひろう》するので、しだいに場がなごんだ。とくに最後のだしものは、おもしろかった。

「よいか、みなの衆《しゅう》。紙くずは、けっして捨《す》ててはなりませんぞ。紙くず買いに売ればいいってもんでもありませんし、紙くずひろいにやればいいってもんでもありません。では、どうするか。こうやって両手で、ていねいにもんでやるのですよ。もんでやると、ほれっ、中から思わぬものが生まれてきますぞ。」

と、紙くずの中から、にわとりの卵《たまご》を取りだす。

「さて、卵というものは、食べるだけにはあらず。では、どうするか、やはりあたためてやらねばなりませんな。こうやって、両手でつつみ、やさしく根気よくあたためてやっていると、ほれっ。」

手の中からでてきたのは、ひよこ。そっと床《ゆか》におろすと、ぴよぴよと、そこらじゅうを走り回った。

ようやく、みんなの顔に笑いがひろがって、おしまいになった。

そこへ、この興行《こうぎょう》を取りしきっていると思われる人が、住職《じゅうしょく》らしいお坊《ぼう》さんといっしょにすがたをあらわした。

「おさわがせして、申《もう》し訳《わけ》ありませんでした。これより、和尚《おしょう》さまにもご足労ねがって番屋へおもむき、真言亭牛ノ助を返してもらえるように、かけあってまいりますゆえ、どうかご心配なく。本日は、ありがとうございました。」

2

外へ出たら、おだやかな青空がひろがっていた。

通りの両がわにならぶ町家《まちや》の、のれんや看板《かんばん》に、まだ明るい光が当たっている。

どこからか、かすかに太鼓《たいこ》の音が聞こえてきた。

あけみちゃんがさけぶ。

「あっ、ふれ太鼓《だいこ》だ！」

「あすの取組をふれ歩いているのでごわす。九日目がひらかれる知らせでござんすよ。」

八重さんが雷電に問いかける。

「きょうは、まだ夕飯のしたくができてないけど、なにがいいかしら。」

「ちょっと季節はずれだが、四丁目の伊勢屋《いせや》のかばやきは、どうだい。この麴町《こうじまち》の名物だから、太郎吉つぁんに食べさせてやりたいんだ。」

雷電の家は麹町の十丁目だといっていたから、差し引き六丁ぶんはなれている。一丁は、百メートルと少しなので覚えやすい。

「あら、いいわね。まだじゅうぶんあぶらがのっているっていってたわ。では、わたしとあけみのふたりで行って求めてきます。」

「なら、わしは溜池《ためいけ》まで行ってくる。」

「千香《ちか》ちゃんとこですね。じゃ今夜は、かばやきと天ぷら、みそ汁《しる》と、買い置きの煮豆《にまめ》にしますね。」

「太郎吉つぁんは、わしといっしょに千香ちゃんところへ行きなさるかね。」

「はい、お供《とも》します。」

ということで、八重さんたちとわかれた。

どこへ行くにも自分の足を使って移動《いどう》するのは、つかれるけど安心感がある。いま自分は生きて歩いているという感じがする。

歩きながら雷電が、子どもみたいにひそひそ声で問いかけてくる。

「順安《じゅんあん》先生にはないしょですが、後世のことを聞いても、ようござんすか。」

どきりとしたが、雷電がなにを知りたいのか興味《きょうみ》がわいた。

「はい。なんでもどうぞ。」

「太郎吉つぁんが住んでいる世の中でも、お上《かみ》のご政道《せいどう》を批判《ひはん》したら、やはりつかまるのですか。」

社会科で、「日本国憲法《にほんこくけんぽう》」を学んだばかりだ。

「国民主権《しゅけん》・基本的人権《きほんてきじんけん》の尊重《そんちょう》・平和主義《しゅぎ》」が三つの原則《げんそく》で、基本的人権の中に、表現《ひょうげん》の自由や思想の自由があった。

太郎は胸《むね》を張《は》って答える。

「お上の政治のやり方を批判しても、つかまりません。自分の意見や考えを述《の》べるのは、自由です。それは、人間が生まれたときから持っている基本的な権利だと、日本国憲法に書いてあります。」

「そうですか……はやくそんな世の中になってほしいものでござんすな。」

「二百数十年も先のことですが。」

「えっ、二百数十年も！」

大きな声をあげた雷電があわてて口をふさぐ。

つい調子にのってしゃべりすぎてしまった。ふたりで「しいっ。」と指を口にあて、ひそひそ話をつづける。

「ところで太郎吉つぁん、二百数十年後の天ぷらも、いまとおなじようなものですかい。」

「ちがいます。いまこちらで天ぷらとして売っているのは、魚のフライ……たんなる揚《あ》げものにすぎません。天ぷらというのは、もっと黄色いし、カラッと揚げるもんでござんす。」

「こちらのものより、うまいのですかい。」

「くらべものにならないほど、うまいですよ。」

「じつは、わしは天ぷらが大好物なんでござんす。それほどうまいのなら、ぜひ一度食べてみたいもんですな。」

「おいらが、千香ちゃんに、二百数十年後の天ぷらの揚げ方を教えられれば、食べられます。」

「やりましょう!」

また雷電が大きな声を出し、あわてて口を「しっ。」と指でおさえる。

「もしかしたら太郎吉つぁんは、あしたの本場所の取組中に、もとの世界へ帰ってしまうやもしれません。きょう中に、ぜひともその天ぷらの揚げ方を、千香ちゃんに教えてやっておくんなんし。」

「じつは、父さんが伝授《でんじゅ》してくれたとおり、ちゃんと教えられるかどうか自信がないんですよ。」

「天ぷらが売れなくてこまっているむすめを見殺しにするつもりでござんすか。」

「見殺しにするつもりはありません。なんとかしてやりたいと、気にはなっているのです。」

雷電が、さがっているまゆをもう一段《だん》さげて、にやりと笑う。

「太郎吉つぁん、失敗してもいいじゃござんせんか。ここはひとつ、りっぱなそこつ者ぶりを見せてやっておくんなんし。」

「でも、千香ちゃんがどういうか……。」

「それはわしにまかせて、いそいで屋台へ行きやしょう。」

急に足をはやめた。その背中《せなか》が、「どうしても二百数十年後の天ぷらを食べたい。」とさけんでいる。太郎は笑いをこらえながら、必死であとを追った。

屋台には、千香がひとりぼんやり立っているだけで、客のすがたはない。すみにある植《うえ》木鉢《きばち》のうす紅色《べにいろ》のつぼみが、ほわりとふくらんでいた。なんという花なんだろう。

「あっ、雷電関、太郎吉さん。いらっしゃい！」

お皿の上には、ひと目でさめたとわかる天ぷらがならべてある。

「ネタがいっぱい残っているので、いま新しく揚《あ》げますから、あったかいのをめしあがれ。」

雷電が首を横にふる。

「いや、ちょいと話があって寄《よ》ったんだがな。」

千香が、けげんな顔をする。

「いったい、なんのお話でしょう。」

「このごろあんまり売れないのは、やはり、ひいき筋《すじ》が来なくなったってことかい。」

「ええ……いつも変わらず寄ってくれるのは、雷電関だけよ。」

「つぎつぎに天ぷらの新しい屋台が出ているから、千香ちゃんとこの天ぷらでないとダメだというひいき筋をつかまえなければ、なかなかむずかしいんだろうな。」

「前は、火消し人足の人たちがよく来てくれたんだけど。」

「どこの組の火消しだい。」

「有馬火消《ありまひけ》しだっていばっていたわ。」

雷電をとりかこんだ火消したちだ。

「体が大きくて、ちょっと見にはこわかったけど、気のいい人たちだった。お父《とっ》つぁんが屋台に出られなくなったのを知って、最初はあたしに同情《どうじょう》していたみたいよ。でも、それでは長つづきしないのね。」

そこで、千香の黒目がまっすぐ雷電をとらえた。

「どうして雷電関は、ずっと来てくれるの。おいしいから？　あたしのことがかわいそうだから？」

自分の店をひいきにしてくれる雷電に、こんな問いをまともにぶつけるとは！

雷電がまゆも動かさずに答える。

「千香ちゃんのお父つぁんに助けてもらったことがあるからだよ。」

「えっ、いつの話？」

「わしが力士をめざして江戸へ出てきて、一年ほどたった十九歳《さい》のころさ。番付《ばんづけ》にはのせてもらえず、給金も出ないし、信州へもどって百姓《ひゃくしょう》になろうかとなやんでいたんだ。芝《しば》神明宮《しんめいぐう》の勧進相撲《かんじんずもう》に兄弟子《あにでし》の荷物持ちで来たとき、空腹《くうふく》にたえかねて、溜池の屋台の前でぼーっと突《つ》っ立《た》っていたのさ。そしたら、千香ちゃんのお父つぁんが、『おめえさんは、まだ若《わけ》え。いま根っこをしっかり張《は》っておけば、いつかきっと葉もしげり花も咲《さ》くさ。』と、はげましてくれてな……十日の興行《こうぎょう》のあいだ、ずっと天ぷらをただで食わしてくれたのさ。」

「そう……だったの。」

「あのお父《とっ》つぁんのひとこと。それに、たっぷりの天ぷらがなければ、わしは大関《おおぜき》を張ることはなかったかもしれん。」

一生に十番しか負けなかった雷電でさえも、そんな下積みの苦労があったのだ。

「まあ、それよりなにより、わしがいつも天ぷらを買いに来るのは、天ぷらが大好物だからさ。」

千香が、すなおに頭をさげた。

「ありがとうございます！」

「ところで、ひいき筋《すじ》をにがさずにつかまえておくには、どうするかだが……相撲《すもう》なら、たとえ勝ちつづけられなくても、きたえぬいた体と技《わざ》をすべて土俵上《どひょうじょう》で出しきっていれば、ひいき筋は声援《せいえん》を送ってくれる。ところで太郎吉つぁん、天ぷらの場合は、どうすればひいき筋をつかまえておけるのでごわしょ。」

いきなり話をふられたので、どぎまぎした。どぎまぎしながらも、父さんの言葉を思いだして答える。

「食べものの商売でたいせつなのは、いまの味にあぐらをかかず、つねに努力と工夫《くふう》を重ねることでござんすよ。」

雷電と千香が、まるで別人を見るかのような顔をしたので、ちょっといい気持ち。

「つまり、味が勝負ってことでござんす。よそにはない、千香ちゃんの屋台だけの味をつくらねばなりません。」

雷電がうなずく。

「ということで千香ちゃん。きょうは、もう店じまいをして長屋《ながや》へ帰り、お父《とっ》つぁんも巻《ま》きこんで、新しい天ぷらの味を工夫してみないかい。」

少しのあいだ、雷電と太郎をかわるがわるに見ていた千香が、きっぱりとうなずく。

「わかりました。いまかたづけますから。」

なにかを感じたのか、いそいでそこらをかたづけはじめた。

「鍋《なべ》は重いからわしが持っていく。ネタの残りや必要な道具類は、ふたりで手分けしてたのむ。太郎吉つぁん、千香ちゃんの長屋は、すぐそこでござんすよ。」

と、雷電は太郎に目くばせをした。

3

千香の家は、ほんとうに屋台店《やたいみせ》のすぐ近くにあった。

これこそ、江戸の長屋《ながや》！　という感じで、細い路地のまんなかにどぶ板が敷《し》いてあり、その左右に低い軒《のき》がならんでいる。

路地の中ほどに、共同井戸《いど》があり、熊《くま》さんや八《はっ》つぁんのおかみさんみたいな人たちがあらいものなどをしている。

路地へ入っていくと、おかみさんたちが声をかけてくる。

「お帰り、千香ちゃん。はやかったね。」

「まあ、きょうは粋《いき》なお客さんがいっしょじゃないか。」

「雷電関に、小坊主《こぼうず》さん。いったいなにがはじまるんだい。」

千香が、笑顔《えがお》を返す。

「これから、おいしい天ぷらづくりの工夫《くふう》をするんですよ。」

「三人寄《さんにんよ》れば文殊《もんじゅ》の知恵《ちえ》っていうし、なかなかおもしろい組みあわせじゃないか。」

「少しけむりが出るけど、かんべんしてね。おいしい天ぷらができたら、持っていきますから。」

「おいしい天ぷらのためなら、けむりぐらい、へっちゃらさ。」

千香とおかみさんたちのやりとりが、楽しくて気持ちいい。

井戸《いど》より少しおくにある戸を千香が引きあけて、声をかける。

「ただいま、帰りました。」

「おかえり、はやかったな。」

少しかすれた男の人の声が返ってきた。

土間《どま》に入ると、父親らしき人が、両足を前に投げだし、かべにもたれてすわっていた。

火事のときのけがで歩くのが不自由になったと聞いている。

「みそ汁《しる》をつくっておいたぜ。」

「ありがとう。むりをしなくてもいいのに……。きょうはお客さんだよ。」

雷電がぬっと土間に入る。

「父《とっ》つぁん、じゃまするよ。」

「これは、雷電関。よく来ておくんなさった。いつも千香がお世話になっておりやす。」

雷電が、太郎を自分の前に押《お》しだす。

「もうひとり、たいせつな客人がござんす。」

父親が、太郎を見てほほえむ。

「おっ、かわいい客人じゃござんせんか。」

「おいら、太郎吉と申しやす。同業のよしみで、よろしゅうおたのみいたしやす。」

つい、へんな江戸弁《えどべん》であいさつをしてしまった。

「同業？　あっしは頭を丸めたことは、ありやせんぜ。」

「おいらは小坊主《こぼうず》ですが、天ぷら屋の息子《むすこ》でもあります。」

父親は目を白黒させながらも、「おもしろい。」と手をたたいた。

「なるほど、それで同業ですかい。ところで、千香、道具を一式、持ち帰ったのは、いってえどういう了見《りょうけん》だい。」

答えようとする千香をおさえて雷電が口をひらいた。

「じつは、父《とっ》つぁん。この太郎吉つぁんの店で揚《あ》げている天ぷらは、千香ちゃんのとは、だいぶちがうようでござんす。そこで、わしはいっぺん、そいつを食べてみてえと思いましてね。」

父親は、あらためて太郎をじっと見ていたが、そのうちこっくりとうなずいた。

「わかりやした。太郎吉つぁんとやら、おまえさんの揚《あ》げ方《かた》をやって見せてくれねえかい。」

「はい。では、少しでいいんですが大豆あぶらはありますか。それに、卵《たまご》をふたつ三つ。もしあればダイコンも。」

千香があきれた顔をする。

「ダイコンは、ダイコンめしに使った残りがあるわ。大豆あぶらは長屋《ながや》のおかみさんから借りられるけど、卵なんてむりよ。高くて、めったに買わないもの。」

卵は、太郎のいた世界では、冷蔵庫《れいぞうこ》をあければたいてい入っているけど、こちらの世界では貴重品《きちょうひん》らしい。

雷電がうなずく。

「では、わしが手に入れてきやしょう。ちょっくら待っていておくんなさいよ。」

と、戸をあけて出ていった。

千香も大豆あぶらを借りにいったので、父親が太郎にいう。

「待っているあいだに、おっかあにお経《きょう》をあげてやってくれねえかい。」

えっ、お経！

「む、むりです。まだお経はあげられません。」

「じつは、命日にもお坊《ぼう》さんを呼《よ》べてねえんだ。やっぱりお坊さんにお経をあげてもらうのが、いちばんの供養《くよう》になるからさ。たのむよ。」

ここは、そこつ者を丸出しで、やるしかない。

「では、おかみさんの供養をさせていただきます。」

文机《ふづくえ》の上に置いてある位牌《いはい》に向かって正座《せいざ》する。そでから数珠《じゅず》を取りだし、お経をとなえはじめる。「なむあみだぶつ」だけを、声をのばしたりちぢめたり、上げたり下げたりしながら、それらしく何度もくりかえす。

父親は、笑いをかみころしながら、太郎のうしろにすわっている。

適当《てきとう》なところで、「おそまつさまでした。」と終わりにした。

「いや、いや。ありがとうよ。あいつも草葉のかげできっと喜んでいるだろうよ。おまえさん、どこから来なすった？」

「信州でござんす。」

「そうかい……もしかしたらべつの世界からかなって思ったんだがね。」

どきっとした。見ぬかれている。

この父親は、医者の英二《えいじ》さんに命を助けられている。助けられたあと、ずっと手当てをしてもらったといっていた。英二さんが「時の迷い人《まよびと》」だとわかっていたから、太郎にもおなじなにかを感じたのかもしれない。

そこへ、助け船みたいに、千香が大豆あぶらを借りて帰ってきた。

「さあ、太郎吉さん、はじめましょうか。」

と、かまどの灰《はい》の中から種火をかきだし、その上にたきつけの柴《しば》をのせる。それから、四十センチほどの竹を口に当てて、風を送った。「火吹き竹《ひふだけ》」っていうものらしい。

「おいらにも、やらせておくんなさい。」

先っぽには小さい穴《あな》があいているだけだが、ふきこみ口からそれほど強く息をふきこまなくても、じゅうぶんな風が送れる。よく考えてあるものだ。

それから鍋《なべ》をのせた。底が平らで厚手《あつで》なので、あぶらの温度がすみずみまでおなじになるから、天ぷら鍋としてはぴったりだ。

あぶらの量は、だいたい底から三、四センチぐらい。それぐらいが、揚《あ》がったネタが底から上までういてきやすいと、父さんがいっていた。

ごまあぶらと大豆あぶらのまぜあわせの割合《わりあい》はわからない。でも、少し加えればいいだろうと、適当《てきとう》に入れた。

「どうして大豆あぶらをまぜるんだい。」

と父親が聞く。

「ごまあぶらは、けむりが立ちやすいんでござんす。大豆あぶらをまぜれば、かなり高い温度までけむりは立ちません。」

「おんどってえのは、あぶらの熱さのことかい。」

「あっ、はい。さようでござんす。」

もう、太郎がべつの世界から来た者だということは、ばればれかも。こうなったら、いなおるしかない。

「江戸の天ぷらは、このあぶらの温度が高すぎるんだと思います。あぶらの温度をどのくらいにするかが、まず天ぷらの基本《きほん》です。けむりが出るほど熱してはいけません。衣《ころも》をおはしの先につけて落とし、ぱっと散るぐらいがちょうどいいのです。」

そこへ、雷電がもどってきた。

小鳥の巣でもかかえているみたいに、小さな竹かごをたいせつそうに持っている。かごの中には、卵《たまご》が五つ。

「雷電関。いってえどこで手に入れたんでやすか。」

と聞く父親に、雷電がさらりと答える。

「なに、近くにひいきにしてくれている八百屋がありやして、よく卵を届《とど》けてくれるのでござんすよ。これからも、必要なときには安くわけてくれるように話をつけてきやしたから。」

「ありがとう、雷電関。助かりやす。」

父親が、今度は太郎に聞く。

「卵と小麦粉をまぜて衣《ころも》をつくるのかい。」

「はい、そのとおりです。まず、卵水をつくります。分量は、五百ミリリットルに卵が一個《こ》……。」

千香と父親が、ミリリットルってなに？　って顔で首をかしげている。

五百ミリリットルという数字はおぼえていたけど、ここに計量カップはない。大きな牛乳《ぎゅうにゅう》パックの半分だけど、それもない。たしか、中ぐらいのペットボトル一本ぐらいのはずだが。

こうなったら、目分量でいくしかない。

「ええっと、この湯飲《ゆの》み茶碗《ぢゃわん》で、三、四杯《はい》くらいかな。それに卵《たまご》一個《こ》を割《わ》り入《い》れてまぜます。順番は、水を先に入れて、そこへ卵を入れます。」

「あたしがやってみる。」

千香が、自分から湯飲み茶碗でだいたいの水をはかって、底の深いお皿に入れ、おそるおそる卵を入れて、おはしでまぜた。

「つぎは、この卵水とおなじぐらいの分量の小麦粉を入れて、ざっくりまぜます。」

「いつもは、小麦粉に水を少しずつ入れながら、まぜるんだけど。」

「それは反対だよ。天ぷらの場合は、卵水に小麦粉を入れるんだ。まぜすぎると、どろどろになっちまうから、くれぐれもざっくりとね。」

「ざっくり、ざっくり。」

つぶやきながら、千香がまぜる。

「それぐらいで、いいかな。」

たしかなところはわからないので、いいかげんだが。

「よしっ、これで衣《ころも》のできあがり。つぎは、あぶらの温度をみなくっちゃ。」

まだけむりはあがってない。

「千香ちゃん、おはしの先に衣をつけて、落としてみて。」

「落として、ぱっと散るぐらいね……。」

とつぶやきながら、あぶらの中に落とす。

「あっ、ぱっと散ったよ！」

と喜んで大はしゃぎ。

「それぐらいが、ちょうどいい温度だよ。」

「わかった。おぼえておくね。」

「じゃ、ネタを揚《あ》げてみて。」

「うん。やってみる。」

貝柱を三つ、串《くし》ざしにして衣をつけ、あぶらの中に、そっと八分どおり入れてから指をはなした。ほうりこむようなことはしない。

さすが、天ぷら屋のむすめ。ネタの入れ方や揚げ方は上手だ。

「このあぶらのおんどでも、ネタがうかんできたら、揚がったってことでいいのね。」

「そのとおり。」

うかんできたネタのあぶらをきってから、お皿に盛《も》る。現代《げんだい》ふうの天ぷらのかおりがした。

千香の顔色が変わった。

「いままではこげたような黒色の天ぷらだったけど、これは色がうすい黄色で、きれいだわ。かおりも鼻にやさしくて、食欲《しょくよく》をそそるわね。」

「江戸の人の口にあえばいいんだけど。」

「じゃ、雷電関から、味見をよろしく。」

雷電が、天つゆにはつけず、串《くし》ごとくわえて貝柱をはずしながら食べはじめた。

天ぷらそのものの味見をするときは、天つゆにはつけないほうがいい。

むしゃむしゃとかんで、飲みこむ。

息をつめて、千香と父親が雷電の口もとを見ている。

「ど、どう？」

雷電が、八の字まゆをひょいとさげた。

「うまい……こりゃ、まるでべつものだ。こんなにうまい天ぷらは食ったことがないぞ。」

「やった！　じゃ今度は、アナゴを揚《あ》げてみるね。」

と、串《くし》ざしアナゴを三本、鍋《なべ》に入れる。

太郎が口を出す。

「アナゴは、一度うかんできたあと、うらがえして軽く両面を揚げていたような。」

「はい、わかりました。」

千香がいやに素直《すなお》だ。

「揚がったわ。わたしも、一本。はい、お父《とっ》つぁんも、どうぞ。」

ふたりとも、やはり、天つゆにはつけずに味見。食べ終わるや大さわぎ。

「おいしい！」

「これはいける。」

太郎も食べてみた。アナゴが、口の中でやわらかくとろける。あぶらがのっていて、ほろほろとうまい。

父さんから伝授《でんじゅ》された「奥義《おうぎ》」を、なんとかまちがえずに教えることができたみたいだ。

残っているエビやコハダ、イカなどを、千香がつぎつぎに揚げていく。

雷電も、またすぐに手を出し、今度は天つゆにつけてから、うれしそうに食べる。

「やはり、うまいものが食べられるのは、しあわせなことでござんすな。太郎吉つぁんは、この新しい天ぷらの揚《あ》げ方《かた》で、千香ちゃん親娘《おやこ》だけでなく、江戸中の者にしあわせを届《とど》ける人になりましたな。」

「あっ、いや、それほどでも……。」

と頭をかく太郎に、千香もいう。

「太郎吉さんに降参《こうさん》よ。ところで、ダイコンはどうするの？」

「おろして、食べる人の好みで、天つゆといっしょにつけて食べるのさ。」

雷電が、今度はダイコンおろしを入れた天つゆにつけて食べる。

「こりゃ、またあぶらくささがいっそう消えて、じつに淡白《たんぱく》な味わいになりますな。」

残ったネタをぜんぶ揚げて、長屋《ながや》にくばったら、口うるさいおかみさんたちが、べたぼめだった。

「これほどうまい天ぷら、お目にかかったことないよ。いや、お口に入ったことないよ。」

「毎日でも食べたいね。」

「もう千香ちゃんところの天ぷらに、首ったけさ。」

八

土俵下《どひょうした》から

1

江戸《えど》へ来て四日目の朝、二日つづけて、ピキーンと晴れあがっていた。

きょうは、雨でのびていた今場所の九日目がひらかれる。

もし運よく力士の下敷《したじ》きになって気を失うことができたら、もとの世界へ帰れるかもしれない。

ただ、雷電《らいでん》と小野川《おのがわ》の大一番がある。

ふたりとも、八日目まで勝ちっぱなしだ。

江戸大相撲《おおずもう》では、「優勝《ゆうしょう》」にあたる成績《せいせき》を残しても、表彰式《ひょうしょうしき》はないらしい。でも雷電は四年前の十月場所から、松江藩《まつえはん》の殿《との》さまのお供《とも》で国もとの雲州《うんしゅう》へ行っているとき以外は、出場した六回の本場所すべてで、幕内《まくうち》最高の成績《せいせき》をあげているそうだ。

今場所も、きょうの小野川との一番に勝てば「優勝《ゆうしょう》」が近づく。

その相撲《すもう》を観《み》たい気もする。まだ一度も雷電の本場所での相撲を観ていない。

いつもとちがって、はやめの朝ごはんは、たきたてのめしに、納豆汁《なっとうじる》をすすったり、焼いためざしに頭からかぶりついたりして、おいしくいただいた。

出かけるしたくがととのい、雷電とともに土間《どま》に立つ。八重《やえ》さんとあけみちゃんが見送ってくれる。

「行ってきます。」

「太郎吉《たろきち》兄ちゃん、はやく帰ってきてね。また、せいしょうなごん知恵《ちえ》の板《いた》をしようね。」

「ああ、うん……。」

「やくそくだよ。」

指切りをさせられた。

でも、もしかしたら、二度とあけみちゃんと会えないかもしれないのだ。さんざん迷《まよ》ったあげく心の底に封《ふう》じこめた言葉が、勝手に口から飛びだしそうになり、いそいで背《せ》を向けた。

八重さんが火打ち石を火打ち鎌《ひうちがま》に打ちつけて、雷電の肩《かた》に切り火を飛ばす。ぶじに帰ってきますようにという清めの火だ。

「行ってらっしゃい。小野川関と、いい相撲《すもう》がとれますように。」

太郎《たろう》は、雷電のあとについて、相撲小屋のある芝神明宮《しばしんめいぐう》へ向かった。

雷電の荷物は、先に岩吉《いわきち》が持っていっているので、けさも手ぶらで歩いていく。

「きょうは、松江藩の上屋敷《かみやしき》へ寄《よ》っていきやす。」

そういえば、三日前に歩いた土手道ではなく、大きなお屋敷の白い塀《へい》のあいだをぬって歩いている。

「こちらが尾張《おわり》さまのお屋敷、あちらは紀州《きしゅう》さま、右がわは井伊掃部頭《いいかもんのかみ》さまのお屋敷。」

などと教えてくれる。尾張は名古屋《なごや》で、紀州は和歌山《わかやま》だと思う。井伊は彦根藩《ひこねはん》の殿《との》さまだったかな。

「大名のおかかえ力士も、藩士だから、侍《さむらい》なんですか。」

雷電が、りっぱなあごを横にふる。

「いちおう帯刀はゆるされておりやすが、藩士とはあつかいに大きな差があります。殿さまへのお目通りができるのは、年に一度、正月の年賀《ねんが》のときだけ。それも大広間の縁《えん》がわの下へ、むしろを敷《し》いてすわらされます。」

「ひどいあつかいなんですね。」

「成績《せいせき》がふるわねば、おかかえ力士からはずされますし、今回のように殿《との》さまが賭《か》けをして負ければ、身を引かねばならぬこともあります。」

「では、小野川関との一番は……。」

どすんと頭が雷電の腰《こし》にぶつかった。急に立ちどまったのだ。

「少しさがっていなされ。」

なにごとかと思ってわきからのぞくと、正面にある大きな屋敷《やしき》の門がゆっくりとひらくところだった。

雷電がつかつかと門前に歩《あゆ》みより、地面に片《かた》ひざをついた。

門から出てきたのは、見るからにりっぱな駕籠《かご》で、お供《とも》の侍《さむらい》が何人もついている。

駕籠のそばの身分の高そうな武士《ぶし》が足を止めた。きのうの朝げいこを見に来たお留守居《るすい》役《やく》だ。

「雷電か。しばし、待て。」

お留守居役が駕籠のそばにひざまずいて、声をかけたあと、ふりむいて雷電に告げる。

「きょうは、殿《との》から直々にお言葉をたまわるゆえ、心して聞け。」

「ははっ。」

雷電が地面に両手をついて、ひれふす。大きなおなかが土にくっついている。

太郎は目をふさぎたかった。

——いやだ、雷電関のあんなかっこうは見たくない。

でも、目をそらしてはいけないとも思った。これが、江戸時代の身分の差を示《しめ》すほんとうのすがたなのだ。

駕籠《かご》のとびらがすっと横にあき、殿さまらしき人が顔を見せた。色白で少し細長い顔だ。

「かならずや小野川には勝てるのだな。」

ひれふした雷電が顔もあげずに答える。

「はい。きっと勝ち申す。」

「物言いなどつけるすきもないみごとな勝ち方を収《おさ》めるならば、そちの願いの筋《すじ》、聞《き》きとどけようぞ。」

「はっ、ありがたきしあわせ。」

すっととびらが閉《し》まると同時に、駕籠《かご》があがって動きはじめた。

雷電は土の上にひれふしたまま見送る。駕籠が屋敷《やしき》の角をまがって見えなくなると、ようやく立ちあがった。

太郎は、雷電のそばへかけより、そのはかまのすそをはらった。

「おお、すまんことです。」

きのう雷電が、羽織《はおり》はかますがたで、どこかへ出かけたのは、この殿《との》さまになにか「願いの筋《すじ》」があったからのようだ。みごとな勝ち方をすれば、それを聞きとどけてもらえるという返事だった。いったい、どんな「願いの筋」なんだろう。

2

雷電が土俵下《どひょうした》にすわっている客たちに頭をさげる。

「この小坊主《こぼうず》さんは、わしのふるさと信州《しんしゅう》から江戸へ出てきたばっかりでござんす。一度でいいから土俵下で相撲《すもう》を観《み》たいと申しますんで、よろしゅうおたのみいたしやす。念のため、弟子《でし》の岩吉をつきそわせやすので。」

ということで、太郎は、岩吉と共に土俵下《どひょうした》の平土間《ひらどま》にすわることができた。

岩吉は、小坊主《こぼうず》のつきそいを理由に、きょうの大札場《おおふだば》の手伝いは、かんべんしてもらったらしい。

平土間は、商人や職人《しょくにん》ふうの人ばかりだが、二階、三階の桟敷席《さじきせき》には侍《さむらい》がかなりすわっている。自分の藩《はん》がかかえている力士の応援《おうえん》に来ているのだろう。

太郎は江戸へ出てきたばかりと紹介《しょうかい》されたし、はじめての相撲《すもう》見物だし、わからないことを岩吉にあれこれ聞いても、だれも不審《ふしん》には思わないだろう。

雷電のふるさとの信州弁《しんしゅうべん》らしい言葉を使って問いかける。

「侍がいっぺえいるけど、自分の藩のおかかえ力士を応援に来ているだか。」

岩吉は、太郎のへんな言葉づかいに、えっという顔をしたが、すぐにそれと察したらしく、にやりと笑った。

「ああ。ここの門前に何頭もの馬がつないであっただろう。おかかえ力士の勝敗をすぐに藩の屋敷《やしき》へ知らせるために用意しているのさ。」

土俵を見あげて、まず気づいたのは、その形がちがうこと。

東京《とうきょう》の国技館《こくぎかん》では、四角い土俵の内がわに、丸い土俵がつくってあった。こちらでは、外がわの土俵《どひょう》も丸い。

それから、四本の柱があること。

国技館では、土俵のまわりに柱はなかった。じいちゃんが、「観客が観《み》るときじゃまになるから、吊《つ》り屋根《やね》にして、柱のかわりに房《ふさ》をたらしているだよ。」と教えてくれたことがある。

ここでは、朱色《しゅいろ》の布《ぬの》をまきつけた四本の柱が、土俵の上をおおう屋根を支《ささ》えている。観客席には屋根がないけど、土俵の上にだけは屋根があるのだ。

おもしろいことに、その四本柱のそれぞれに、背中《せなか》をもたせかけて羽織《はおり》はかますがたの人がすわっている。

「あの四人は、なにをする人たちだかい?」

「中改《なかあらた》めだ。相撲会所《すもうかいしょ》の年寄《としより》でな、行司《ぎょうじ》の軍配のあげ方にまちがいがないか、勝敗をみきわめるお役目さ。どっちが勝ったかきわどいときには、引き分けとか、預《あず》かりとかを決めるのさ。」

勝負審判員《しんぱんいん》のことを「中改め」というらしい。国技館では、土俵下にすわっていたが、ここでは土俵の上で柱によりかかっているのが、おもしろい。柱と土俵のあいだがかなり広く空いているので、じゃまにはならないようだ。

行司《ぎょうじ》は、かみしもすがたで短い刀を腰《こし》に差している。

太郎が、雷電にもらった番付《ばんづけ》をひろげると、岩吉が指さしながら説明してくれる。

「一段目《だんめ》には、大関《おおぜき》・関脇《せきわけ》・小結《こむすび》が東西にひとりずつ。その横は前頭《まえがしら》が五人ずつで、今場所はひとり張出《はりだし》前頭がいて、幕内《まくうち》はぜんぶで十七人なのさ。」

現代《げんだい》では、幕内は横綱《よこづな》も入れて、四十人はいるはずだ。

「この番付の二段目から下は、なんて呼《よ》ぶだい？」

「番付表は五段あるだろう？　上から順番に、二段目・三段目・四段目・五段目さ。」

やがて、呼びだされた力士が土俵《どひょう》にあがる。

東西にわかれて土俵ぎわにつま先だってすわり、両手をこすってから柏手《かしわで》を打つ。柏手を打った手を左右に大きくひろげて、ひらりと下へかえす。

「あれは、自分は武器《ぶき》をなにも持っていないという意味なのさ。」

それから、ふたりは力水《ちからみず》をつけ、清めの塩をまいて土俵の中へ入り、四股《しこ》をふんだ。

「四股には、地面をふみかためて、邪悪《じゃあく》なものを追いはらうって意味があるんだぜ。」

岩吉がちゃんと説明してくれるので助かる。

「むかしから相撲《すもう》は、米や作物が豊《ゆた》かにみのることを願って神前に奉納《ほうのう》されていたのさ。」

東西の力士が、土俵《どひょう》のまんなかで一回目の仕切りをはじめる。

東京の国技館の土俵には、たしか仕切り線があったけど、ここの土俵にはない。だいたいまんなかあたりで、まずすわりこむように深く腰《こし》をおろし、それから両手をつく。前のめりにはならない仕切り方だ。

その仕切りが、何度もくりかえされる。

「いつになったら、立つだかや。」

「両力士が立つ気になったときさ。」

仕切りの制限《せいげん》時間がないらしい。

太郎のいた世界では、ラジオの大相撲中継《ちゅうけい》放送がはじまってから、制限時間が決められたと聞いたことがある。いつまでも立たなかったら、ラジオを聞いているほうがあきてくるためだとか。

でも江戸時代の観客は、てんでにしゃべったり、食べたり、飲んだりしながら、しんぼう強く待っている。

やがて、仕切っていた力士の顔が赤らみ、目が血走ってきた。

土俵下《どひょうした》から、いま立つか、もう立つかと期待しながら力士の顔つきや体の色が変わっていくのを見るのも、なかなかいいものだ。

じいちゃんなら、「それも相撲《すもう》の醍醐味《だいごみ》だ。」っていうかもしれない。

ついに立ちあがった。

たがいにすごい勢《いきお》いで突《つ》っぱりあい、押《お》しあう。押しあったあとは、今度はまわしをとって投げの打ちあいだ。相撲がはげしい。わずかの差で先に肩《かた》から落ちたほうが負けたが、観《み》ていて手に汗《あせ》をにぎった。

――へええ……。これが江戸の大相撲か。

おたがいに、全力を出しきってたたかっていることが、ひしひしと伝わってくる。

それからの取組も、力と力をぶつけあって、たたかった。腰《こし》にのせたり、持ちあげたりして、たたきつけるような投げ技《わざ》も多い。

これでは、けが人が出るから、治療所《ちりょうじょ》がそばにないとだめだろう。

たまに、立ちあいで横に飛び、かんたんに勝敗が決まる相撲もある。けがをするのをさけているとも思えるが、「こしらえ勝負」かもしれない。でも、そんな力士には、見物人からやじが飛ぶ。

「こらぁ、まっとうな相撲《すもう》を取れ。」

「曲芸を観《み》に来たのとちがうぞ。」

「お天道《てんとう》さまに笑われるぜ。」

いつの時代も、観客が相撲に求めるものは、全力を出しきったはげしいぶつかりあいなのだ。

太郎の近くまで力士が飛んでくることはあったが、なかなか下敷《したじ》きにはなれない。

こっちへ落ちてこいと念じながらも、雷電と小野川の一番まで待ってくれと、勝手なことも願った。

岩吉がいった。

「いよいよ、幕内《まくうち》力士の土俵《どひょう》入《い》りだぜ。」

この時代にも、やっぱり土俵入りをするのだ。

まずは、東方《ひがしかた》から八人が土俵にあがり、四股《しこ》をふんだ。それぞれに化粧《けしょう》まわしをつけている。最後に土俵にあがった力士の、茶色っぽい化粧まわしには、大きく「小野川」と織《お》りこんであった。

――この力士と雷電が相撲を取るのか。

芝神明宮境内《けいだい》の相撲場《すもうば》は、見物客で超満員《ちょうまんいん》です。

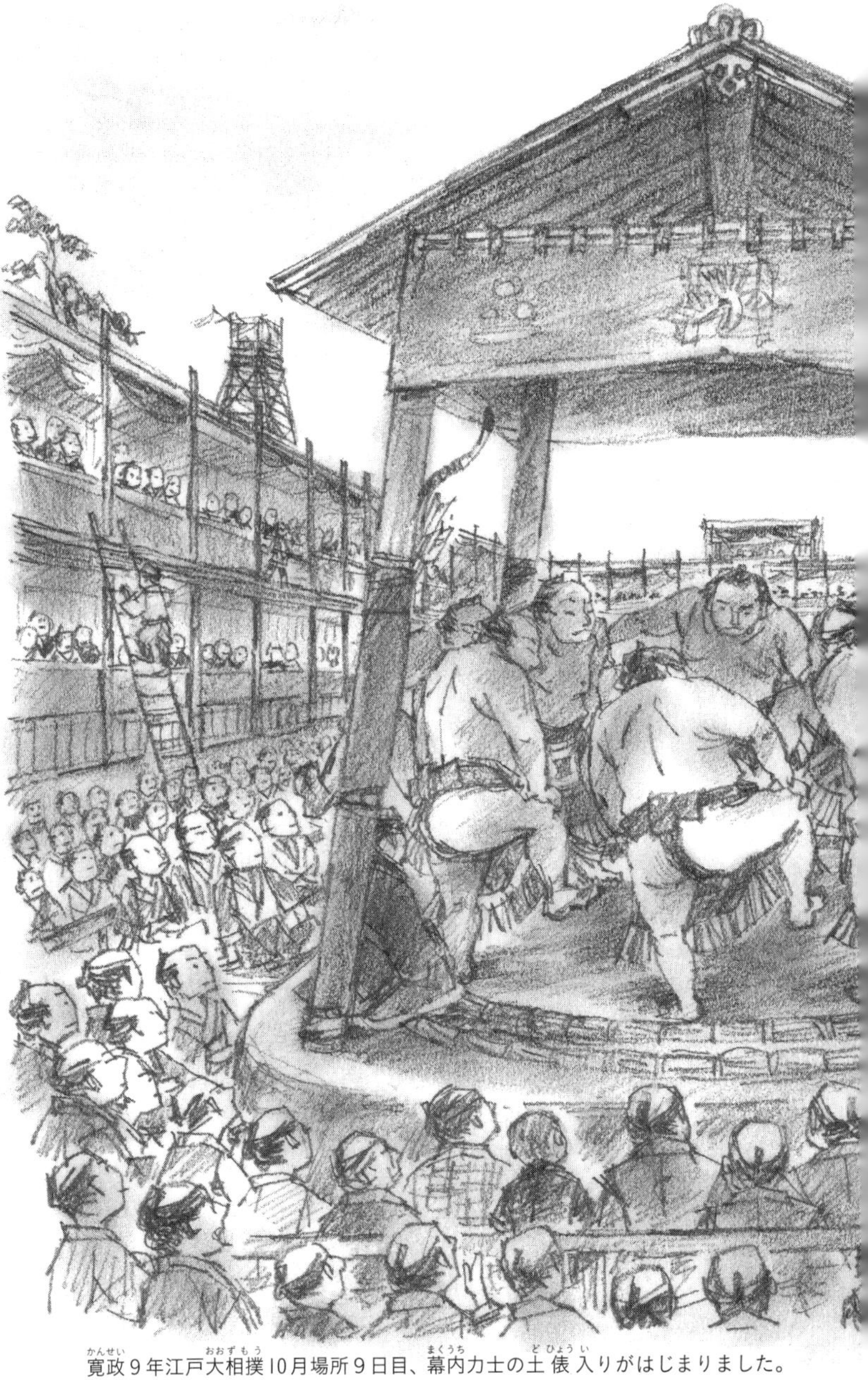

寛政《かんせい》9年江戸大相撲《おおずもう》10月場所9日目、幕内《まくうち》力士の土俵入《どひょうい》りがはじまりました。

背《せ》はそれほど高くないが、丸くてはずむような体つきをしており、動きにリズムがある。

全員、輪になって客におしりを向け、四股《しこ》をふんだ。

西方《にしかた》もおなじで、ラストに雷電が登場した。

いよいよ、雷電と小野川の対戦が近い。

幕内《まくうち》の取組が進みはじめた。観客からの声援《せいえん》がいっそう高くなる。見ると、侍《さむらい》たちが身をのりだし、大声をあげている。

「柏戸《かしわど》！」

「鯱《しゃちほこ》！」

岩吉が、肩《かた》をすくめる。

「鯱関に声援を送っているのは、筑後《ちくご》の久留米藩士《くるめはんし》たちだ。鯱関は久留米の有馬頼貴公《ありまよりたかこう》のおかかえ力士なのさ。東方《ひがしかた》の幕内力士八人のうち、大関の小野川はじめ、その弟子《でし》の五人が久留米藩のおかかえだ。対して西方の柏戸関は、陸奥《むつ》の泉藩《いずみはん》の本多忠籌公《ほんだただかずこう》のおかかえ。泉藩の本多公は、若年寄《わかどしより》から側用人《そばようにん》、さらに御老中格《ごろうじゅうかく》へとかけあがったお方だ。あまりにはやい出世に、諸藩《しょはん》の殿《との》さまは、ねたみ、やっかみ、内心おだやかならずさ。この勝負、もめたら大さわぎになるぜ。」

大さわぎになるのを期待しているような口ぶりだ。

何度目かの仕切りのあと、両力士が立ちあがった。

鯱が、体の大きい柏戸のふところへ飛びこんだ。柏戸は、相手にもろざしにさせておいて、肩《かた》ごしに両まわしをとってひきつける。そのままぐいと土俵《どひょう》から引っこぬこうとした。だが、鯱が足をからめて外掛《そとが》けにいく。からませたまま柏戸は、土俵ぎわまで運んで、ほうり投げようとした。

ところが、鯱がしつこくまわしをはなさない。勢《いきお》いあまって柏戸も、先にたおれた鯱の体の上を一回転して、土俵下にころがり落ちた。

鯱が先に土にまみれたので、行司《ぎょうじ》の軍配は、もちろん西の柏戸にあがった。

だが、東の控《ひか》えにいた力士が物言いをつけた。久留米藩のおかかえ力士たちらしい。

「柏戸の体《たい》が、すでになかったではないか。」

「鯱の負けとはいいがたいぞ。」

東方《ひがしかた》の桟敷席《さじきせき》にいた久留米藩士らしき侍《さむらい》たちも、見物客をかきわけて土俵下へ押《お》しよせてきた。

「そのとおりだ。」

「鯱は負けてはおらぬ。」

すると、西方《にしかた》の桟敷席《さじきせき》からも、泉藩士らがかけつける。

岩吉が手をたたく。

「ほら、はじまったぞ。四人の中改めがどうするかだ。」

四本柱を背《せ》にしてすわっている勝負審判員《しんぱんいん》の「中改め」に対して、双方《そうほう》の武士《ぶし》たちが大声をあげ、「いまの勝負、預《あず》かりだ。」「いや、柏戸の勝ちだ。」といい立てる。

観客たちもさわぐ。

「イモ侍《ざむらい》ども、引っこめ。」

「行司《ぎょうじ》軍配どおりだ。」

「いくらおかかえ力士でも、負けは負けだぞ。」

みんな侍たちに批判的《ひはんてき》だ。

しまいに侍たちは、刀に手をかけて、にらみあいをはじめた。

ただならないようすになってきたとき、行司をふくめて相談していた中改めが、大声で告げた。

「ただいまの勝負、預《あず》かりといたしますゆえ、双方《そうほう》、お引きくだされ。」

岩吉が教えてくれる。

「相撲会所《すもうかいしょ》が、久留米藩の横やりに負けたってことさ。」

「それで、みんな収《おさ》まるだか。」

「力士には申《もう》し訳《わけ》ないが、この場を丸く収めるためには、預かりにして、白黒をはっきりつけないようにするしかないのさ。おかかえ力士の、つれえところだ。」

土俵《どひょうじょう》上に立ったまま待っていた柏戸と鯱は、それでもおたがいにきちんと礼をして土俵をおりていった。

九

雷電《らいでん》と小野川《おのがわ》

1

「いよいよだぜ。」

太郎《たろう》の横にすわっている岩吉《いわきち》が、大きく息をすいこむ。

小野川と雷電を呼《よ》びだす声が高くひびき、東と西、それぞれの控《ひか》えにいた両者が土俵《どひょう》へあがる。雷電のほうが背《せ》が高く、厚《あつ》みのある巨大《きょだい》な岩という感じがする。小野川の体つきは、丸みを帯びているが弾力《だんりょく》がありそうだ。

小野川は、ぬけるような青空色のまわしをしめ、雷電は、落ち着いた深い紅色《べにいろ》のまわし。

土俵ぎわで柏手《かしわで》を打ち、左右にひろげた手のひらを下へかえす。清めの塩が、ふたりの手もとから扇《おうぎ》のように白く土俵《どひょう》にひろがる。土俵の中へ入り、四股《しこ》をふむ。足がつま先までぴんとのびきっている。

流れるような動作が、ゆったりとおこなわれていく。しかも、きりりとしまって、よどみがない。

「四股をふむとき、あれだけ高く足をあげられるのは、足腰《あしこし》がやわらかい証《あかし》なのさ。」

「岩吉さんは、どうだかい？」

「もちろんおれは、もっと上まできれいにあがるさ。」

朝げいこのときには、そんなにあがってなかったけど。

「大型力士は、えてして体がかたいけど、雷電関はちがうのさ。両足を左右にひろげて地面にぴったり胸《むね》までつけるんだぜ。」

まるで体操《たいそう》の選手みたいだ。太郎には、とてもまねできない。

ふたりの仕切りがはじまった。

小野川の仕切りは低い。股《また》をじゅうぶんに割《わ》って、ひざのあいだからのばした両手を土俵につく。すきあらば先に立つという構《かま》えだ。

雷電の仕切りは、やや高い。腰をおとし、両手をひざの外からのばして土俵《どひょう》につく。

しかし、いつでも受けて立つという気迫《きはく》がみなぎっている。

行司《ぎょうじ》の軍配をにぎる手にも、力がこもっているようだ。

仕切りが進むうちに、観客席をうめた群衆《ぐんしゅう》が、息をするのもはばかられるように静まりかえっていく。ふたりが立たずに、塩をとりに東西にわかれると、歓声《かんせい》とも、ため息ともとれるざわめきがひろがる。

しだいに、ふたりの肌《はだ》の色がかわってきた。浅黒い肌が赤みを帯びはじめる。目つきまでが変わっていくのがわかる。

雷電の、二重《ふたえ》まぶたのやさしい下がり目が、えものをねらうけもののようにするどくなっていく。

一方、小野川は、口をぐいとひき結んで、雷電の動きに目をすえている。どんな小さな変化も、一瞬《いっしゅん》たりとも見のがすまいとするかのように。

何度目の仕切りだったのだろう。

それまでは雷電が先に腰《こし》をおとし、いつでも受けて立つというようすを見せていたが、はじめて先に小野川が腰をおろした。

両者、同時に手をついたとき、行司の軍配がかえった。

西の雷電（右）、東の小野川（左）、大関《おおぜき》どうしの一番に、観客も大声援《だいせいえん》をおくります。

突《つ》きはなそうとする雷電のうでを、下からはねあげ、はねあげ、小野川がすばやくふところへ飛びこんだ。右を差して頭をつける。

そのうでをかかえこんで、雷電がしぼりあげる。体中に、力こぶがうきあがり、筋肉《きんにく》が盛《も》りあがる。

小野川が雷電のあごの下へ頭をつけ、全身の力で上へ押《お》しあげる。雷電の腰《こし》がのびて、体がうきあがる。

小野川が、右の足を飛ばして内掛《うちが》け。残すところに掛け投げをはなつ。

雷電は、片足《かたあし》を送ってこらえる。

そのすきに小野川はもろざしとなり、右はまわしをとり、左を浅く差した。

雷電は、小野川の肩《かた》ごしに、左上手《ひだりうわて》をとった。

岩吉がささやく。

「雷電関は左《ひだり》ききだから、左上手一本でもたたかえるんだ。」

その言葉どおり雷電が左上手からぐいとひねる。小野川が足を送ってふんばり、そのまふたりは、土俵《どひょう》の中央でうごかなくなった。

ふたつの腹《はら》が大きく波打ちはじめる。

小野川がじりっと前へ出るや、右からの強烈《きょうれつ》な下手投《したてな》げ。雷電が上手投げを打ちかえし、ふたりの片足《かたあし》が、ともに高くはねあがる。たおれるかと思ったが、そのままふみこらえる。

こらえて左上手を取りなおした雷電が、またひねる。だが、小野川はふんばる。ふんばりながら、左の差し手で前まわしをとって、ぐいと引きつける。引きつけて、一気に前へ出る。

後退《こうたい》しつつ雷電は、左上手から連続してひねり、右で小野川の左うでを強烈におっつける。

ふたりの体が、ぐるぐるとまわりはじめる。まわる、まわる、まわる。

左からひねられ、右から体を起こされた小野川が、まわるいきおいで土俵《どひょう》の下へころがり出た。

太郎の目の前までころがってきて、止まった。

雷電が、土俵上から小野川を見つめる。その顔には、「どうだ。」というような強慢《ごうまん》なところは、みじんもない。力のかぎりたたかった相手への、尊敬《そんけい》の念にあふれている。

さすがに、久留米藩《くるめはん》の武士《ぶし》も、物言いさえつけられないような勝負だった。

小野川は足を痛《いた》めたらしい。右足をかばいながら立ちあがった。すぐに雷電が土俵《どひょう》からおりてきて、小野川に肩《かた》を貸《か》す。

小野川は雷電の肩につかまりながら、ゆっくりと土俵上にもどった。それほどのけがではないらしく、土俵にあがったあとは、ひとりで東方《ひがしかた》の土俵ぎわまでもどった。雷電が西の土俵ぎわへ立つ。

ふたりは、それぞれの持てる力を出しきったという満ち足りた顔をしていた。おたがいに目を見あわせながら静かに頭をさげる。

そこには、勝敗を決したあとのすがすがしさが流れていた。

小さな拍手《はくしゅ》が聞こえてきたかと思うと、またたくまにひろがっていった。

桟敷席《さじきせき》も平土間《ひらどま》も、武士《ぶし》も町人も、思いきり手をたたいて、ふたりの力あふれるたたかいぶりをたたえた。

「雷電！」「小野川！」

「ふたりとも、よくやった！」

「見ごたえがあったぞ。」

「歴史に残る名勝負だ。」

雷電が勝ち名乗りを受けている声が聞こえないほどだった。

2

「小野川関を見舞《みま》ってから帰る。」

という雷電について、太郎も順安《じゅんあん》先生の治療所《ちりょうじょ》へ向かった。雷電の荷物をかついだ岩吉までついてきた。はるかさんの顔を見たいのだろう。

治療所へつくと、そのはるかさんが出むかえてくれた。おとといあんなことがあったのに、もう元気に作務衣《さむえ》を着て働いている。

雷電に、ていねいに頭をさげたあと、はるかさんが太郎のそばへ寄《よ》ってきた。手をとって、にっこり笑う。

——おとといは、ありがとう。

と目でお礼をいわれた。

横で岩吉が、ちょっと不満そうな顔をしているけど、完全に無視《むし》。

小野川が、まわりを弟子《でし》たちにかこまれ、治療台の上に横になっていた。

雷電が近づくと、小野川のほうから声をかけた。

「足を少し打っただけですから、はり薬で治るそうです。」

横で順安先生が、ひげをしごく。

「さすがきたえてある人はちがう。骨《ほね》にはなんの異常《いじょう》もない。」

雷電が、ほっと息をはく。

「それを聞いて安心しました。しかし、あしたの千秋楽《せんしゅうらく》の五人掛《ごにんが》かりはむりでしょうな。」

小野川は首を横にふる。

「力士にけがは、つきもんです。もうあしたの取組のふれ太鼓《だいこ》もまわっています。これぐらいで休んでいたのでは、千秋楽の五人掛かりを楽しみにしているお客さまに申《もう》し訳《わけ》がない。あしたも出番の前に新しく薬をはりつけてもらって、かならず出ます。土俵下《どひょうした》で肩《かた》を貸《か》していただき、ありがとうございました。」

「いえ、失礼かと思ったのですが。」

「とんでもない。助かりましたよ。ところで、雷電関。」

治療台《ちりょうだい》の上で上半身を起こし、あらためて、小野川が深みのある声をかける。

「おかげで、一生の思い出に残るよい相撲《すもう》を取らせてもらいました。」

雷電が息をのむ。

「小野川関、もしや……。」

「はい。わしも四十歳《さい》。相撲取りとしては、もう年でござんす。あすの千秋楽の五人掛《ごにんが》かりを花道に、引退《いんたい》させてもらおうと思います。」

雷電が、めずらしくつっかえながら、言葉をはきだした。

「こ、こまります！　小野川関がいないと、江戸大相撲《えどおおずもう》は火が消えたも同然。また以前のように客足が遠のきます。」

「なにをいわれる、あなたがいるではありませんか。あなたの連勝記録は、先場所の花《か》頂山《ちょうざん》との一番で苦杯《くはい》をなめ、四十三連勝でいったんとぎれましたが、今場所はここまで全勝だ。これから、どれだけ星をのばしていくかで、相撲人気が盛《も》り上《あ》がりましょう。」

「しかし、それはきそいあう相手がいればこそでござんす。」

「あなたのように図抜《ずぬ》けて強い力士は、見物人をひきつけることができます。このまま勝ちつづけて、ぜひ谷風関《たにかぜぜき》の六十三連勝をぬいてくだされ。」

いわれた雷電は、言葉を返さずじっとうつむいていた。だが、やがて、思いきったように顔をあげた。

「わしには、わかっておりやす。小野川関が引退《いんたい》されるほんとうの理由は、殿《との》さま方《がた》の賭《か》けのせいでござんしょう。」

一瞬《いっしゅん》、小野川の目の中で、炎《ほのお》のようなものがゆれた。雷電が、たたみかける。

「もしわしに負ければ、たいせつなチンを失う有馬公《ありまこう》からきびしいおとがめを受け、いとまを出されるやもしれません。それがわかっているから小野川関は、やめさせられる前に、自分から引退する道を選んだのでござんしょう。」

小野川が、かすかに首をうなずかせた。

「主君の期待にそえなければ、いとまを出されるのは、おかかえ力士の宿命でござんす。雷電関との一番で、よい相撲《すもう》がとれたので、もう思い残すことはござんせん。」

「チンのことは、わしがなんとかいたしやす。殿さまの賭けのせいで、小野川関が責任《せきにん》をとる必要はありやせん。どうか、引退を思いとどまってくだされ。」

「雷電関。いろいろとお気づかいいただき、かたじけない。しかし、引退は、わしなりのけじめでござんす。どうか、思いのままにさせてやってくだされ。」

小野川が、治療台《ちりょうだい》の上で体をずらす。

「さて雷電関。最後にもう一度、肩《かた》を貸《か》していただけぬか。」

差しだされた雷電の手をつかんで治療台《ちりょうだい》から床《ゆか》におりたつ。おりたってから、雷電の手を両手でつつむように、たたいた。

「わしと谷風関との時代は終わりました。これからの江戸大相撲《おおずもう》は、あなたに、たくしましたぞ。」

雷電のたれ目から、大粒《おおつぶ》のなみだがこぼれ落ちた。

言葉もなく、雷電が泣いている。

その雷電の肩《かた》を借りながら、小野川が治療所の外へ出る。

「あすも晴れそうですな。では、おたがいに、五人すべてをきれいにやぶって気持ちのよい千秋楽にいたしましょう。」

あとは、小野川の弟子《でし》にまかせ、雷電が立ちどまった。

帰っていく小野川のすがたが見えなくなるまで、雷電はずっと見送っていた。こぼれるなみだをぬぐおうともせずに……。

十　久留米藩《くるめはん》へ乗りこむ

1

はるかさんに台所の水くみをたのまれた岩吉《いわきち》を置いて、太郎《たろう》は雷電《らいでん》とふたりで治療所《ちりょうじょ》をあとにした。

雷電はだまったまま前を行く。引退《いんたい》する小野川関《おのがわぜき》のことを考えているのかもしれない。

あんまりだまっているので、少し遠慮《えんりょ》がちに聞いた。

「あの……五人掛《ごにんが》かりって、どんなふうにするんですか。」

「格下《かくした》の力士が五人、休みなくつぎつぎにぶつかってくるのとたたかうのです。」

「仕切りをしないのですか。」

「してもしなくてもいい。ひとりたおしたら、すぐにべつのひとりがぶつかってくる。その五人すべてに勝って、はじめて白星がひとつつく。あしたの千秋楽《せんしゅうらく》に、わしと小野川関が、この勝負をするのです。五人掛《ごにんが》かりのときには、ねらい定めて太郎吉《たろきっ》つぁんの上に投げ飛ばせると思います。けがや命の保障《ほしょう》はできませんが、一《いち》か八《ばち》か、やってみましょう。」

「お願いします。」

こちらへ来て四日。

岩吉とはるかさんは、もう「でえじょうぶ」だ。あのふたりは、たぶん結婚《けっこん》して、自分の祖先《そせん》になってくれると思う。

天ぷら屋の千香《ちか》にも、現代《げんだい》ふうな天ぷらの揚《あ》げ方《かた》を教えることができたから、そのうち屋台がはんじょうし、江戸《えど》に新しい天ぷらがひろまるだろう。

残っているのは、あけみちゃんのこと。

どうすればいいのか、まったくいい考えがうかばない。

「雷電関……。」

「なんでござんしょう。」

「未来について、ほかになにか知りたいことはありませんか。」

「そうですな。江戸は、火事が多いけど、太郎吉つぁんのいる世界では、どうでごわしょう？」

順安《じゅんあん》先生から、未来のことは口にするなといわれている。でも、江戸の町の消火に役立てればうれしいし、あけみちゃんの話につながらないともかぎらない。

わかるように工夫《くふう》して話さなければと、知恵《ちえ》をしぼる。

「江戸よりは少ないと思います。それに、火事がおきたら、火消し人足が、消防《しょうぼう》自動車という馬よりもはやい乗りものでかけつけ、ホースをのばしていきおいよく水をかけて消します。家を引きたおさなくても、それほど燃《も》えひろがりません。」

「ほーすですか？」

「太い筒《つつ》のようなものを水道栓《すいどうせん》につないで、こうやってかかえて……。」

身ぶり手ぶりをまじえて説明していたら、すれちがう人がへんな顔で見た。

あわてて、小坊主《こぼうず》にもどって、すまし顔。

町家《まちや》がならぶ通りに入ると、向こうから、大きな竹かごをてんびん棒《ぼう》の前後につるした人が来た。手には長い木のおはしみたいなものを持っている。下ばかり見て歩いているので、雷電が道をよけた。それでも、知らぬ顔でなにかをさがしている。

「紙くずひろいさんですな。ひろいあつめた紙くずを問屋へ売るのですよ。それをすきかえして、かわやの落とし紙などに使います。」

「未来の世界でも、古紙の回収《かいしゅう》がありますよ。」

こうして歩いていると、意外に古着屋が目につく。

「町人は、新品の着物はなかなか買えません。古着を買ってたいせつに着るんですよ。着られなくなったら、赤ちゃんのおしめにしやす。そのあとは、ぞうきん。最後は、かまどで燃《も》やして灰《はい》にします。灰も買いに来るんでござんすよ。」

「えっ、灰を買ってどうするんですか。」

「灰は、使い道が多い。田畑の肥料《ひりょう》にしたり、酒造《さけづく》りのとき種麹《たねこうじ》にまいたり……。染《そ》めものの色出しや陶器《とうき》のうわぐすりにも使うし、衣類をあらうときのよごれ落としにもなるんでござんす。」

「へええ、守備範囲《しゅびはんい》が広いんですね。」

「しゅびはんい……でござんすか。」

「たとえば。」

まず、野球というスポーツがあることをかんたんに話し、打った球をとるための守る範囲について、身ぶり手ぶりを入れながら説明する。

けっきょく、肝心《かんじん》なことはいえないまま、力士長屋《ながや》へ帰ってきた。

なんだか、雷電の家がさわがしい。

入り口の戸があけっぱなしになっていて、力士たちの大きな体が土間《どま》をふさいでいる。

「なにごとでごわしょ。」

雷電が声をかけたら、みんな出入り口を広くあけた。土間に入ると同時に、あけみちゃんの大声が飛んできた。

「おとっさま、チンです!」

板の間のまんなかの丸いわらざぶとんの上に、てんと小さな犬がすわっている。

手のひらにのりそうなほどの大きさで、体が白く、たれた耳や頭などが黒い。

太郎の家は食べもの屋なので犬を飼《か》っていないが、これは、あちらの世界でも「チン」という種類の犬だ。

もしかして、賭《か》けに負けた久留米藩の殿《との》さまが、雲州藩《うんしゅうはん》の殿さまに引きわたしたチンなのだろうか。でも、どうして、雷電の家にいるのだ?

八重《やえ》さんが、雷電に報告《ほうこく》する。

「先ほど、雲州藩のお留守居役《るすいやく》さまが来られて、『約束どおり、これを殿《との》から雷電にほうびとしてさげわたす。あとは好きにするがよい。』とおおせられて。」

きのうから雷電が正装《せいそう》して出かけたり、けさ、雲州藩の上屋敷《かみやしき》で殿さまの駕籠《かご》に頭をさげたりしていたのは、この犬がほしかったためらしい。

雷電が、板の間にあがってすわり、子犬を片手《かたて》でだきあげる。

「チンさま。ようこそおこしなされた。」

すかさずあけみちゃんが、雷電のひざのあいだにすわり、チンを胸《むね》にだきとる。

力士たちが聞く。

「雷電関、この犬を飼《か》うのですか。」

「犬好きだとは知りませんでしたな。」

「あけみちゃんが喜んでやすぜ。」

雷電がいう。

「あけみ、すまんな。この犬は、これからお返しにいかねばならんのじゃ。」

「えっ、どこへ？」

「久留米藩の有馬公《ありまこう》がたいせつに飼っていた犬だから、あちらへお返ししたほうが、犬も喜ぶと思うよ。」

「ううん、いやだな……。じゃ、べつの犬を飼《か》ったら、だめ？」

「そうだな。さがしてみよう。」

治療所《ちりょうじょ》で小野川に、「チンのことは、わしがなんとかいたしやす。」といっていたのは、これだったのだ。

雷電が顔をあげて土間《どま》の力士たちを見る。

「わしは、この犬を返すことで、賭《か》けをほうむり去りたいのだ。」

それぞれに、うなずく。

「なるほど、雷電関、考えましたな。賭けを土俵《どひょう》の外へ突《つ》きとばすわけですな。」

「どちらの殿《との》さまも、たいせつなものを賭けすぎですよね。」

雷電が長いあごをうなずかせる。

「殿さまどうしが相撲《すもう》で大きな賭けをされるのは、力士に重圧《じゅうあつ》がかかる。小野川関は引《いん》退《たい》を決意された。こんな賭けは、二度としてほしくないのだ。」

みんながぞろぞろと引きあげていくと、すぐに雷電が羽織《はおり》はかまに着がえはじめた。

あけみちゃんがいった。

「あたいが、チンをだいていく。」

「そうさせてやりたいが、あけみはお屋敷《やしき》の中には入れてもらえないから、むりだ。それより、太郎吉つぁんについてきてもらおう。」

「えっ、おいらが？」

「わけは、道々、話しましょう。」

2

太郎は、チンをだいて雷電のあとを歩きはじめた。チンは人なつっこいおとなしい犬なので、だいていてもあばれない。

歩きながら雷電が太郎に、ついてきてほしかったわけを話しはじめた。

「じつは、久留米藩の有馬公には、まだ話を通しておりやせん。賭《か》けに負けたとはいえ、相手にも意地がありやす。チンを返しにいっても、おそらく、武士《ぶし》の面目《めんぼく》がつぶれるとかいって受けとらぬでしょうな。下手をすると、有馬公のおいかりにふれ、無礼討《ぶれいう》ちになるやもしれません。」

「ええっ、無礼討《ぶれいう》ち！」

「そのときは、太郎吉つぁんにお経《きょう》をあげてもらおうと思いやしてね。」

「い、いやです。そんなこと。」

いそいで、雷電が何歳《なんさい》で死んだかを思いだそうとした。だが、じいちゃんが語った雷電のことは、信州《しんしゅう》の英雄《えいゆう》としての話ばかりで、亡《な》くなった年齢《ねんれい》は聞いていない。

「まさかとは思いやすが、ひとすじなわでいかないことはまちがいありやせん。わしに、もしものことがあったら、ことのしだいを八重や力士長屋《ながや》の者たちに伝えておくんなんし。まさか、小坊主《こぼうず》さんまでまきぞえにはしないはずですから。」

「で、でも……。」

「太郎吉つぁん。ここはひとつ、捨《す》て身《み》のそこつ者ぶりを発揮《はっき》しておくんなんし。」

そこつ者は、きっぱりとうなずく。

「はい。わかりました。」

雷電の足取りには迷《まよ》いがない。どうして、いつもこんなに腹《はら》がすわっているのだろう。

「太郎吉つぁん、じつは、もうひとつお願いがありやす。」

「なんでしょうか。」

雷電の左手が、長いあごをなでる。ちょっとはずかしいときのくせのようだ。

「いまからわしが話すことを、後世の人たちに伝えてほしいのでござんす。この雷電為《らいでんため》右衛門《えもん》が、なにを願って相撲《すもう》を取っていたのかを……。」

「そんなこと……。」

むりですといおうとして、思いとどまった。

雷電が太郎を見こんでたのんでいるのだ。これは断《ことわ》ってはいけない。そこつ者を丸出しにしても、引きうけねばならない。

「わかりました。なにを伝えればいいのでしょう。」

「太郎吉つぁんの話からすると、後世の人に、わしのことは、史上最強の力士だったとか、勝つ割合が九割六分だとか伝えられているようでござんすが、もっとべつの面を知ってほしいのです。」

「べつの面っていうと？」

「これまで相撲取りは、ばけもののように見られてまいりやした。たしかにふつうの人にくらべれば、体が大きいし、力があるし、こわい存在《そんざい》やもしれません。しかしそれは、身ひとつでたたかうために、体と技《わざ》をきたえぬいているからでござんす。」

雷電がやさしそうなたれ目を、ぽちぽちとしばたたいた。

「人々が相撲《すもう》を観《み》に来るのは、自分にはできない死力をつくした勝負が、土俵上《どひょうじょう》でくりひろげられるからでござんしょう？」

「はい。立ちあいで横へ飛んだり突《つ》き落《お》としたりして、勝負がかんたんに決まるのは、おもしろくないです。」

「わしは、見物人の胸《むね》をゆさぶるような相撲を取りたいと願っておりやす。いついかなるときでも、全力でぶつかり、おのれのすべてを出しきる相撲こそが、見物人の胸に熱い火を残すものでござんす。人々の心をわしづかみにしてはなさないような、力のかぎりの相撲が取れれば、本望《ほんもう》でござんす。すべての力士が、そんな思いで相撲を取ってくれたなら、わしらをさげすみの目で見る人もへっていくことでござんしょう。はやくそういう日が来てほしいと願っておりやす。」

太郎は、ぼうっとしていた。

「大きな人」というのは、雷電みたいな人をいうのだろう。

――出会えてよかった。

これから乗りこむ久留米藩で、どんな対決がくりひろげられるかわからない。

自分にできることは少ないだろうが、この人を死なせてはならない。

太郎も、覚悟《かくご》を定めて、溜池《ためいけ》にそって歩いていると、千香の屋台が見えてきた。

立ちよってみたら、やっぱり、客のすがたはない。お皿には新しい天ぷらが山盛《やまも》りになっている。

雷電が声をかける。

「こんなにおいしい天ぷらが、どうして売れないのだ。」

千香の表情《ひょうじょう》が暗い。すみに置いてある植木鉢《うえきばち》では、もうあわい紅色《べにいろ》の花がひらきかけているというのに。

「お客さんがね、お皿に盛ってあるこのうすい黄色の衣《ころも》を見て、『これはまだ生《なま》だろう。じゅうぶんに揚《あ》がってないのじゃないか。腹《はら》をくだしそうだな。』とかいって、しりごみするの。張《は》りきって、たくさんのネタを仕入れて持ってきたのに。」

「そうかい。食わずぎらいなんだな。」

千香が太郎のだいているチンを見る。

「あれっ、その犬、どうしたの。」

「返しにいくところさ。」

雷電があとを引きとる。

「おっ、そうだ。千香ちゃん、以前、有馬火消《ありまひけ》しの人足がひいきにしていたっていってたな。」

「うん。よくおおぜいで来て、一、二本ずつ買ってってくれたわ。」

「その中に、ひときわ背《せ》が高くて、どすのきいた声をした者がいたかい。」

「いたわ。火消しのお頭《かしら》みたいだった。」

「よしっ、揚《あ》げた天ぷらをぜんぶつつんでくれ。」

「えっ、ぜんぶ!」

3

久留米藩の上屋敷《かみやしき》は、芝《しば》の増上寺《ぞうじょうじ》の近くにあった。

「増上寺は、将軍家《しょうぐんけ》の菩提寺《ぼだいじ》で、敷地は二十五万坪《まんつぼ》もござんす。」

と、雷電が説明してくれる。東京《とうきょう》ドームの何倍とかいってくれるとわかるんだけど。

「久留米藩は、この増上寺の『火の御番役《ごばんやく》』をつとめているため、つねに四、五十人の屈《くっ》強《きょう》な火消し人足が屋敷内《やしきない》につめているといております。藩主《はんしゅ》の有馬公が、馬に乗って火事場へ行くとき、そのあとを一糸《いっし》乱《みだ》れずに走るので、有馬火消しとして、名前が知られているのでござんすよ。」

「あの雷電関をとりかこんだ男たちですね。」

「殿《との》さまがたいせつにしているチンを賭《か》けたので、わしをおどすように、だれかに命じられたのでござんしょうね。」

「その有馬火消しに、千香ちゃんの天ぷらをあげるのですか。」

「食べてもらえば、またひいきにしてくれるやもしれません。」

どっしりとした大きな門のわきには、門番小屋があった。

雷電がその前に立つと、名乗るより先に門番のほうから声をかけてきた。

「おまえは!」

「雷電為右衛門にござんす。」

「いったい、当屋敷へなに用あってまいったのだ。」

「有馬頼貴公《ありまよりたかこう》にお目どおりいたしたくて、まかりこしやした。」

「殿に! そのようなこと、ゆるされると思うのか。」

「どうしても、お返ししたきものがありやす。」

「なんだ。」

太郎は、自分から前に出て、チンを突《つ》きだしてみせた。

門番が首をかしげる。

「当家の殿《との》さまがたいせつにしておられたチンでござんす。」

「こ、この犬は……。」

「それを、どうしておまえが？」

「殿さまにお会いして、じかにお話し申しあげるゆえ、なにとぞ、お取りつぎを。」

「し、しばし、待て。」

「しばし」というのは、少しのあいだという意味だ。だが、「しばし」の十倍ほど待たされたころ、ようやくひとりの武士《ぶし》がすがたを見せ、太郎がだいているチンを確認《かくにん》した。そして、「こちらへ。」と脇戸《わきど》から中へまねき入れた。

武士のあとをついていくと、白い砂利《じゃり》が敷《し》きつめられている庭へ案内された。むしろが一枚《まい》敷いてある。

「かしこまって待て。」

命令されたとおり、むしろの上にかしこまり、武士《ぶし》がいなくなってから、小声で雷電に聞く。

「まるで、奉行所《ぶぎょうしょ》のお白州《しらす》で裁《さば》きを受けるみたいですね。」

すると、やはり小声が返ってきた。

「がまんしておくんなんし。武家は、身分の差にうるさいのでござんすよ。」

雷電は、天ぷらの入った竹皮のつつみを大事に左手にかかえたままだ。

待つほどに正面の縁《えん》がわの障子《しょうじ》がひらき、殿《との》さまらしき人が、おくの部屋にすわっているのが見えた。左右には、数人の家臣が控《ひか》えている。

太郎のだいているチンが、いそがしく動きはじめ、小さく「きゅいん。」と鳴いた。飼《か》い主《ぬし》がいるのがわかったようだ。かわいがってもらっていたから、おぼえているのだろう。

年かさの家臣がひとり、縁先へ出てくる。

「それがしは、矢吹信之助《やぶきしんのすけ》と申す。雷電為右衛門にたずねる。そのほう、なにゆえ、チンを返しにまいった。」

まさに、奉行がお白州で罪人《ざいにん》を問いつめているみたいだ。

問いつめられた雷電は、分厚《ぶあつ》い胸《むね》をずんと張《は》って答えた。

「こちらの殿《との》さまが、たいせつに飼《か》われているとうかがっておりましたので。」

「そのチンは、雲州藩松平公《まつだいらこう》との相撲《すもう》の賭《か》けに負けたゆえ、わが殿がいさぎよく手ばなしたものじゃ。それを返してよこすとは、あまりに無礼であろう。松平公は、わが殿をさげすみ、笑いものにするつもりか。」

と、きびしい声で責《せ》めたてる。

「とんでもございません。これは、松平公のお考えではなく、わしの一存《いちぞん》です。わしが松平公に願い、チンをさげわたしていただいたのでございます。」

「たとえ、さげわたされたとしても、わが殿のところへ返しにくるとは、無礼のきわみ。ゆるしがたき所業である。そのほう、相撲に勝ったゆえ、おごり高ぶっているのであろう。そのままには捨《す》て置《お》かぬぞ。」

「お気にさわりましたなら、いかような処罰《しょばつ》もお受けいたしましょう。しかし、こうしてお返しにきたのは、わしの考えというより、このチンの願いにございます。」

「なに、チンの願いじゃと。」

「わしは、お返しするつもりなど、毛頭ありませなんだ。わがむすめが喜びましたゆえ、飼《か》うつもりでおりました。ところが、このチンが、わが家になつかず、そわそわして、しきりに表へ出たがります。これはどうやら、こちらの殿《との》さまのもとへ帰りたいのではないかと気づき、やむなく、こうしてお返しにまいったしだいでございます。」

「見えすいたことをいうでない。賭《か》けで一度手ばなしたものゆえ、受けとるわけにはまいらぬ。早々に連れ帰るがよい。」

「それでは、チンがかわいそうでございます。せっかくもとの飼い主に会えて、こうして喜んでおりますのに。」

太郎のうでの中で、チンがまた小さく鳴いた。

「うむ、たしかに喜んでいるようではあるが……。」

「ですから、どうかお受けとりください。」

「いや、受けとれぬ。いまさら返されても殿の面目《めんぼく》がたたぬわ。」

本音が出たと太郎は思った。ほんとうはチンを返してほしいのだ。だけど、素直《すなお》に受けとったのでは、殿さまの体面が悪いから、こまっているのだ。

すると雷電の、きっぱりした声がひびいた。

「わかりやした。どうしても受けとってもらえぬとあらば、いたしかたござんせん。これにて帰らせていただきやす。」

——えっ、帰るの！

と太郎があわてたら、矢吹信之助という家臣も、あわてて呼《よ》びとめる。

「ま、待て、雷電為右衛門。」

雷電が、あげかけた腰《こし》をふたたびゆったりとおろす。

「このうえ、なに用でござんしょう。」

「そのほう、いささか、せっかちであるのう。いましばし話しあわぬか。」

矢吹が、雷電の手もとに目をやる。

「先ほどより気になっておったのじゃが、そのほうがたいせつそうに持っておるものは、いったいなんじゃ。」

「おっと、わすれておりやした。有馬火消しのお頭《かしら》をここへ呼《よ》んでもらえませんか。」

雷電のしゃべり方が、くだけた調子に変わっている。

「いったい、なにゆえじゃ。」

「なあに、この天ぷらを味見してもらおうと思って土産《みやげ》に持ってきやしたんで。」

「なにっ、天ぷらとな。」

久留米藩上屋敷《かみやしき》のお白州《しらず》にならんで、チンといっしょに正座《せいざ》をする、雷電と太郎。

「これは、以前に有馬火消しの方々が、よく食べていた屋台で、新しく工夫《くふう》したものでござんす。ぜひ、お頭《かしら》に味見をしてもらいたいと思いやしてね。」

「それがしも、天ぷらは好物じゃが……。」

なにごとか思いめぐらしていたようすの矢吹が、やおら口をひらいた。

「雷電為右衛門。ひとつ、それがしと賭《か》けをせぬか。」

そくざに、りっぱなあごが横にふられる。

「おことわりいたしやす。わしは賭けは、大きらいでござんす。」

「さようであるか……ならば、ほうびということにいたそう。」

「ほうびでござんすか？」

「その天ぷらをそれがしと火消しの頭が食し、ふたりとも美味と申せば、ほうびとして、そのほうの願いどおりチンを受けとってつかわそう。もし、どちらかひとりがまずいと申せば、チンは連れて帰るがよい。」

雷電がカラカラと笑った。

「なるほど。お殿《との》さまの面目《めんぼく》を保《たも》つために、知恵《ちえ》をしぼりましたなあ。それならば、いっそのこと、矢吹さまおひとりが食べてみればよいのではござんせんか。」

「いやいや。それがしひとり食したのでは、疑《うたが》いなく美味であるかどうかの、公平な判断《はんだん》ができぬであろう。」

「やれやれ、お武家《ぶけ》さまとは、まこと、しちめんどうくさいものでござんすな。」

「これっ、殿《との》の御前《ごぜん》であるぞ。口をつつしめ。」

ふいに、おくの部屋から、殿さまの重たい声がはじめてひびいてきた。

「その儀《ぎ》、ゆるす。矢吹、火消し人足の頭《かしら》をこれへ。」

「はっ、承知《しょうち》つかまつりました。」

少しして、半天《はんてん》を着たいかつい男が白い砂利《じゃり》をふんであらわれた。

雷電を見て、足を止めかけたが、そのまま、むしろの上に片《かた》ひざをつく。

「火消しの源八郎《げんぱちろう》にございます。お呼《よ》びにより、参上つかまつりやした。」

やはり、とりかこまれたときの、どすのきいた声だった。

矢吹が命じる。

「雷電為右衛門なるものが、天ぷらを持参しておる。この場で、それがしと、そのほうとふたりで味見をすることにあいなった。よいな。」

「ははっ。」

雷電のほうから、火消しの源八郎に声をかける。

「そのせつは、お世話になりやした。」

源八郎が、うなずく。

「こちらこそ、お手数をおかけいたしやした。」

「これは、以前に、ごひいきにしてもらっていた溜池の千香というむすめの屋台で、新しく工夫《くふう》した天ぷらでござんす。」

源八郎が、アナゴをひと串《くし》、手にとって首をひねる。

「これが……天ぷらですかい？」

「いままでの黒っぽいものとちがい、うすい黄色をしているのは、けっして揚《あ》げ方《かた》が足りないわけではありやせん、安心して食べておくんなせえ。衣《ころも》や揚げ方を工夫したら、そのような色になったのでござんすよ。天つゆはござらんが、それだけで、味見をしてみておくんなんし。」

つづいて雷電は、縁先《えんさき》に近寄《ちかよ》り、矢吹にもおなじアナゴをひと串、手わたす。

「では、どうぞ。」

矢吹と源八郎が、同時に口に入れて食べはじめる。

むしゃむしゃ、もぐもぐと食べ終えたふたりが、にっこり笑った。

「美味じゃ。」

「いや、うまい。」

「これほど美味な天ぷらははじめてじゃ。」

「また、毎日でも溜池の屋台へ寄《よ》らせてもらいやすよ。」

雷電が、ほっとしたようにうなずく。

「おふたりとも、よい舌《した》をお持ちですな。では……。」

と太郎をうながしたので、すかさず前に出て、「どうぞ。」とチンを矢吹の手にわたした。

こわれもののように受けとった矢吹に向きなおり、雷電が、どっしりした声を大きく張《は》る。

「殿《との》さま方が相撲《すもう》に賭《か》けをするのは、やめてほしいものですな。わしら力士は、サイコロや花札ではござんせん。生身《なまみ》の人間でござんす。」

殿さまに聞こえるようにいうと、雷電はすっくと立ちあがった。

「では、これにて失礼つかまつる。」

太郎も立ちあがり、あとも見ずに出ていく雷電の大きな背中《せなか》を追った。

4

太郎は、久留米藩の家臣のきびしい言葉に、はらはらし通しだった。でも、終わってみれば、チンをぶじに返しただけでなく、千香の天ぷらの宣伝《せんでん》まで、してしまった。

途中《とちゅう》でさっさと帰るふりをして、相手をあわてさせた雷電の作戦勝ちだ。

報告《ほうこく》がてら、帰りに溜池の屋台へ寄《よ》った。

近づくと、千香が屋台の外へ飛びだしてきた。

「たいへん！」

雷電が問う。

「どうした？」

「岡《おか》っ引《ぴ》きの銀造《ぎんぞう》が来たわ。」

「なわばりがちがうのに、こんなところまで出ばってきたのか。」

「だって、英二《えいじ》さんのときも、そうだったでしょう。」

「そういえば、なわばりの外なのに、わざわざ順《じゅん》安《あん》先生の治療所《ちりょうじょ》まで、英二さんのことをあれこれ聞きこみに来ていたな。」

「この屋台は雷電がいつも寄《よ》るところだろうって聞くから、はいって答えたの。そしたら、新しい天ぷらを揚《あ》げはじめたそうだが、一本食わせろっていうから、仕方なくただで食べさせたら、こわい顔をして、いままでとはまったくちがう天ぷらだ、この揚げ方はだれに習った？　って。」

「太郎吉つぁん、て答えたのかい。」

「ううん。あたしが考えたっていったの。でも、銀造がすごい顔でにらむのよ。雷電のとこにいる小坊主《こぼうず》に習ったんじゃねえのかって。ちがうって首を横にふったけど、あたし、うそをつくのが下手だから。『あの小坊主、やっぱりあやしい。しょっぴいてしめあげてやる。』ってつぶやいて帰ったわ。」

まさか、天ぷらの揚げ方で、「時の迷《まよ》い人《びと》」だとの疑《うたが》いを深めるとは思わなかった。

雷電がいう。

「太郎吉つぁんは、諸国行脚《しょこくあんぎゃ》のため、もう江戸から旅立ったことにいたしやしょう。」

「はい、わかりました。」

「あすの千秋楽《せんしゅうらく》には、土俵下《どひょうした》からぶじに旅に出られるよう、わしが精《せい》いっぱい力をつくします。今夜ひと晩《ばん》、銀造に見つからないように、かくれていてもらいたいんだが、順安先生のところは疑《うたが》われるだろうし、岩吉のとこも近すぎるし……。」

「だったら、あたしんちはどうかな？」

「助かる！　千香ちゃん、よろしくたのむ。わしは、銀造が力士長屋《ながや》へ来ているかもしれねえし、いそいで帰りやす。太郎吉つぁん、あすも、岩吉に土俵下《どひょうした》の平土間席《ひらどませき》を確保《かくほ》しておかせやすから、そこへ来ておくんなんし。」

そういい残すと、雷電は大またに立ち去った。

太郎は、屋台のかたづけを急いで手伝いはじめた。

ふと気づくと、植木鉢《うえきばち》の花の、うす紅色《べにいろ》のつぼみがひらいていた。細い枝《えだ》に、いくつも花びらをつけている。小さいけど、ふっくらしている。

あちらの世界にいたときは、こんなふうに花に目をとめることはなかった。

「これは、なんていう花だい。」

「寒《かん》ぼけよ。ふつうのぼけは春に咲《さ》くんだけど、寒ぼけはいまごろから花がひらきはじめるの。」

「ぼけ……か。名前のわりに、ほわりとしたやさしい花だね。」

「だから、好きなの。きょう咲《さ》いたから、なにかいいことがあるかなと思っていたんだけど。」

「あすから、新しい天ぷらが、どっと売れはじめたりして。」

「そうなるといいな。せっかく太郎吉《たろきち》さんが教えてくれたのにね。」

などと話しながら、千香といっしょに長屋《ながや》へ帰った。

千香のお父《とっ》つぁんは、

「遠慮《えんりょ》するこたぁねえや。何日でも泊《と》まってくんな。」

と、こころよくむかえてくれた。

「ところで千香、新しい天ぷらの売れ行きは、どうだったい。」

「食べた人はおいしいっていってくれたけど、うすい黄色の衣《ころも》を見て、気持ち悪い、まだ揚《あ》がってないんじゃないかと心配する人が多くて。」

「しんぺえするこたあねえや。新しいもんは、すぐには受け入れられねえものさ。なあに、あれほどうまい天ぷらは、ほかにはねえんだから、きっとそのうちひいきの客がつくさ。」

「おいらもそう思うよ。じつはきょう、有馬火消しのお頭《かしら》に、あの天ぷらを食べてもらったら、こんなうまい天ぷらははじめてだって、喜んでくれたんだ。」

「まあ、うれしい。」

「江戸の人たちは、うまいもんを食べるのをとても楽しみにしているみてえだし、これから千香ちゃんの屋台は、新しい天ぷらの元祖《がんそ》として、評判《ひょうばん》になると思うよ。」

千香が、自分のほおを両手ではさんで喜ぶ。

「あらっ、ほんとうにそうなったら、どうしよう。」

「おいらも、江戸へ来た甲斐《かい》があったってものさ。」

千香が、はっと気づいたように、父親にいう。

「太郎吉さんは、あすには江戸をはなれて旅立つそうよ。」

「そりゃ、残念だな。」

このふたりも口にはださないが、太郎が「時の迷い人《まよいびと》」だと気づいているにちがいない。

「太郎吉つぁんは、新しい天ぷらの揚《あ》げ方《かた》を教えに来てくれた恩人《おんじん》だ。命をすくってくれた英二さんとともに、一生わすれることたあねえよ。」

千香が、太郎の目をまっすぐに見た。

「あたしも、太郎吉さんのこと、けっしてわすれないわ。」

この、まろやかで心地《ここち》いい声をふたたび聞くことはないのだろうか。

「ありがとうよ。おいらも、父《とっ》つぁんと千香ちゃんのことは、お天道《てんとう》さまが西から出たって、わすれねえよ。」

太郎は、わざと、そこつ者ぶりを丸出しにして、千香の手をにぎった。すると、千香もにぎりかえしてきてくれた。

あたたかい手をにぎりしめ、すいこまれそうなほどくっきりとした黒い目を見つめながら、しみじみと思った。

江戸へ来て、この親娘《おやこ》に会えてよかった……。

十一

五《ご》人《にん》掛《が》かり

1

こちらへ来て五日目の朝は、風がつめたかった。

小坊主《こぼうず》のかっこうは、銀造《ぎんぞう》に知られているから、つかまりやすい。千香《ちか》が、父親のはいていた紺《こん》のももひきをすそあげし、あわせの着物の丈《たけ》とそでをつめてくれた。顔には、すっぽりほっかむりをした。風がつめたいから、ほっかむりを疑《うたが》われることはない。

雷電《らいでん》にもらった今場所の番付《ばんづけ》だけは、ふところに入れて芝神明宮《しばしんめいぐう》まで持ってきた。

岩吉《いわきち》は、大札場《おおふだば》を手伝っていた。

太郎《たろう》のかっこうを見ると、くすっと笑いながら、相撲《すもう》見物の木戸札をわたしてくれた。

「土俵《どひょう》のすぐ下の平土間《ひらどま》をとってある。落ちてきた力士の下敷《したじ》きにならねえように気をつけなよ。」

「ありがとうよ。はるかさんとなかよく……。」

これで、もう会えないかもしれない。でも、岩吉とのことは楽しかった。

「雷電関は、来ているのかな。」

「もう西の支度部屋《したくべや》に入っているぜ。」

「会って、どうしても伝えたいことがあるんだ。」

太郎は、「どうしても」に力をこめた。

じっと太郎を見かえしていた岩吉がうなずいた。太郎のようすから、なにかぬきさしならないものを感じたようだ。

「ついてきな。」

岩吉のあとについて、大きな相撲《すもう》小屋にそって歩いていくと、柵《さく》にかこまれた平屋建《ひらやだ》ての支度部屋があった。その前の広場で、雷電が若《わか》い者に胸《むね》を貸《か》して、ぶつかりげいこをさせていた。

岩吉が柵の中に入って声をかけると、こちらを向いた雷電が、少しはや足で出てきて小声でいう。

「そのかっこうも、おにあいですな。」

「あの、雷電関……。」

いいかけて、まわりを見た。岩吉は、大札場《おおふだば》の用事があるらしく、さっさともどっていったが、支度部屋《したくべや》に出入りする力士が、雷電にあいさつしながら横を通りすぎていく。

口をつぐんだ太郎を見て、雷電がさそう。

「ちょいと、こちらへ。」

柵《さく》のはずれへ行くと、支度部屋の建物のかげで、死角になっていた。

「ここなら、だれにも聞かれやせん。」

「はい。あの……。」

心を決めて会いに来たのに、さすがにいいよどんだ。

「太郎吉《たろきっ》つぁん、なにを聞いてもおどろきやせんから、なんなりと。」

「じいちゃんから聞いたんです。千葉《ちば》の下総《しもうさ》に雷電関ご夫婦《ふうふ》のお墓《はか》があるらしいんですが、……そのお墓に……。」

「あけみのことが記してあるのですかい。」

「えっ、どうして、それを。」

「太郎吉つぁんが、あけみの顔を見ながら、来年の夏がどうとか口ごもっていたので、なにかあるなと思っていたんですよ。それで、そのお墓《はか》になんと記してあるんですかい。」

「はっきりおぼえてないんですが、戒名《かいみょう》が、なんとか童女で、寛政《かんせい》十年七月と。」

雷電がだまりこんだ。

じっとなにかに耐《た》えるようにうつむいていた。だが、やがて、ゆっくりと大きなあごをうなずかせた。

「わかりやした。」

太郎はあわてていい足す。

「あの、でも、うろ覚えだし、じいちゃんに聞いた話だし、おいらがお墓を見たわけではないし……ほんとうかどうかは……。」

雷電が、かすかにほほえむ。

「人の寿命《じゅみょう》は、だれにもわかりません。太郎吉つぁんは未来から来たので、あけみの寿命を教えてくれました。もしほんとうにそのときが来たら、わしも八重《やえ》も、思いなやまず、死を受け入れることができるというものでござんすよ。」

「あきらめるんですか。」

「いいや。」

あごが大きく何度も横にふられる。

「あきらめられるわけがありやせん。親にとって、子に先立たれるのは、体の一部をもぎとられるほど、つらいことでござんす。」

いわなければよかった。伝えなければよかった。そのほうが、雷電を悲しませずにすんだ。

「ごめんなさい……。」

思わずごつい腰《こし》にだきついた。太郎の胸《むね》にあついものがこみあげてくる。

「ただ伝えるだけで……なにもできなくて、ごめんなさい。」

「太郎吉つぁんの罪《つみ》ではござんせんよ。」

背中《せなか》を大きな手がゆっくりとなでる。

「これからも、いままでどおりあの子をいつくしみ、育てていきやす。一日、一日が、これまで以上に、かけがえのないたいせつなものになることでしょう。」

雷電が、太郎の肩《かた》をつかんで、自分の腰からひきはなした。しゃがみこんで、まっすぐに顔を見る。

「太郎吉つぁん、ちゃんと話してくれて、ありがとう。礼をいいますよ。知らなければ、悲しみにおぼれてしまうところでした。しかし、前もって知っていれば、その悲しみに耐《た》えることができるはずです。」

「悲しみに耐える……。」

「はい。悲しみをこらえ、足をふんばって、八重とふたりで乗りこえていきやす。」

「で、でも。」

「あきらめたわけではござんせん。わしら夫婦《ふうふ》の生きぬいてほしいという願いと、あの子自身の生きたいという強い意志《いし》とがあれば、命をながらえる望みが、なきにしもあらずでござんす。そのときは、墓《はか》に記してある文字が消えてしまうやもしれませんな。」

「ぜひ、消えてほしいです！」

「では、五人掛《ごにんが》かりのおりに、また……。」

雷電が、立ちあがって歩きだした。そのいつもと変わらぬ歩き方の大きな背中《せなか》を見送ってから、太郎も歩きはじめた。

こちらへ来てから、こうして何度も雷電の大きな背中を見ながら歩いた。そのひとときが、とてもたいせつなものに思えた。

2

雷電とわかれた太郎は、平土間《ひらどま》の一列目にすわりこんで、土俵《どひょう》を見あげた。ここなら、下敷《したじ》きになれそうな気がする。

番付を出してみたら、上から二段目《だんめ》の力士の取組中だ。

取組が進み、太郎の近くまでころがってくる力士はいたが、まだ下敷きにはなれない。

雷電関の五人掛《ごにんが》かりを待つしかない。

きょうで、こちらへ来てから五日目。

——まさか、もうお葬式《そうしき》がすんでいるのでは？

あれこれ考えているうちに、幕内《まくうち》力士の土俵入りになった。雷電はりっぱなあごをこちらへ向けて、太郎がすわっている場所を確認《かくにん》すると、小さくうなずいた。

小野川《おのがわ》も、少し足を引きずってはいるが、元気に土俵入りをつとめていた。

土俵入りの力士が控《ひか》えにもどったとき、平土間の人がきをかきわけるようにして、見おぼえのある顔がやってきた。

——銀造《ぎんぞう》！

太郎は、さっと頭をひっこめた。

銀造は、ちょうど太郎の反対がわの土俵下《どひょうした》で、ひとわたり周囲を見まわしてから、すっとすわった。

まわりにいるのは、大人ばっかりなので、太郎の顔は見えないはずだ。小坊主《こぼうず》のかっこうではないし、寒さよけのほっかむりもしている。

——だいじょうぶだ。気づかれない。落ち着け。

落ち着いて、下敷《したじ》きになる機会を待つのだ。

逃《に》げだしたい気持ちとたたかいながら、必死で自分をふるい立たせる。

胸《むね》がどきどきし、にぎりしめた手にじわりと汗《あせ》がにじむ。

幕内《まくうち》力士の取組は、仕切りが長い。でも、少しずつ進んでいき、土俵下までふっ飛んでくる力士もふえた。雷電関の五人掛《ごにんが》かりまで待たなくても、下敷きにしてくれと念じた。

ひたすら念じていると、行司《ぎょうじ》が「これより五人掛かり。」と告げる声が耳に飛びこんできた。

行司に呼《よ》びだされて、雷電の巨体《きょたい》が西からゆっくり土俵に上がる。

つづいて東からは、岩ケ根《いわがね》、春日野《かすがの》など五人の名前がつぎつぎに呼《よ》びあげられた。みんなそれぞれに、体はでかいし、力もありそうだ。

そのなかで、まず岩ケ根だけがあがり、ほかの者は土俵下《どひょうした》に中腰《ちゅうごし》で陣取《じんど》って、いつでも飛びかかれるように身構《みがま》えた。

その五人の向こうで、銀造がだまって土俵を見あげている。

――雷電関、はやくこちらへ力士を飛ばして！

飛ばされる力士には悪いけど、両手をあわせて祈《いの》った。

岩ケ根は、二回目の仕切りで立ちあがった。雷電は受けて立って組みとめると、高々とつりあげて、太郎のいるほうへ持ってきた。

――来た！

そのまま、ほうり投げたが、岩ケ根は、すぐ目の前までころがって止まった。

そっと銀造のほうをうかがうと、こちらを見ている。だが、まだ太郎には気づいていない。

二番手の春日野は、仕切りもせずに土俵へかけあがり、そのままの勢《いきお》いで雷電の胸《むね》に頭からぶつかっていった。

一歩もさがらずに受けとめた雷電は、相手のわきを下から押《お》しあげるようにして、前に出た。ずるずると相手が下がる。押して押して、土俵《どひょう》ぎわまで押しこみ、思いきり押したおした。

またもや、太郎のほうに飛んできた。だが、となりにすわっている人にのしかかって止まった。

雷電の表情《ひょうじょう》は変わらない。三人目を土俵中央で受けとめ、かかえあげるようにして正面へ連れてきた。そのまま、やはりこちらへほうり投げた。

ころがってきた力士の足が、太郎の太ももに当たったが、気を失うほどの痛《いた》みではなかった。

また、銀造がこちらを見ている。

こっちばかりへ雷電が相手力士をころがすので、不審《ふしん》に思っているようだ。

四人目は、雷電が土俵のまんなかへもどる前に、下からぶちかましていった。

さすがの雷電も土俵ぎわへつまる。つまりながらも、思いきりうしろへふりまわした。

四人目は反対がわの土俵下へ落ちてしまった。

残るは、あとひとりだ。

土俵《どひょう》中央にもどった雷電が、ちらりと太郎を見て、長いあごを軽くうなずかせた。

もう少し前へ来いといっているみたいだ。

太郎は、平土間《ひらどま》の一列目から、精《せい》いっぱいおしりをずらして、さらに土俵下へ近づいた。

そのとき、銀造が立ちあがるのが見えた。客をかきわけてこちらへ向かってくる。

五人目が雷電にぶつかり、はね返されるのも見えた。

雷電に突《つ》きたてられ、その力士がこちらの土俵ぎわへすっ飛んできた。すり足で近づいた雷電が、満身の力をこめ、左右の突きをつづけざまにはなつ。五人目が土俵からふっ飛んだ。

太郎のほうに、ぐるんぐるんところがってくる。

——これでは、下敷《したじ》きにはなれない!

そう思ったとき、くるっと一回転した力士の太い足が、太郎の頭にぶつかって、ゴッと音をたてた。

そのとたんに、気が遠くなった。

まっ暗なトンネルの中を、体がすごいスピードで、前へ前へと引っぱられていく。

ちらっと頭のすみで直感した。
――あのときと同じだ。
そして、なにもわからなくなった。

その後のこと

背中《せなか》が痛《いた》くない。やわらかいベッドの上で寝《ね》ている感じがする。

目をあけたら、ま上にしわだらけの顔があった。

「おっ、気づいただか！」

なつかしいじいちゃんの声だ。

よかった。もどってきたんだ……。

うすいレースのカーテンと、白っぽい天井《てんじょう》やかべが見える。病院のベッドに寝かされているらしい。

あたふたと病室を出ていったじいちゃんが、医者と看護師《かんごし》とともに帰ってきた。

「先生、見てくだせえ。太郎《たろう》が目をあけましただよ！」

白衣を着た医者が顔をのぞきこむ。

目を指で押《お》しあけたり、胸《むね》に聴診器《ちょうしんき》をあてたりしながら、質問《しつもん》をしてくる。

「これは何本ありますか？」

目の前で人差し指と中指をたてる。

「二本。」

「自分の名前と年齢《ねんれい》をいえるかな。」

「吉田太郎《よしだたろう》。十二歳《さい》。」

「よしっ、頭にも異常《いじょう》なし。あとでくわしい検査《けんさ》をするから、もう少しこのまま安静にしていなさい。」

じいちゃんが深々と頭をさげる。

「ありがとうございます。」

医者と看護師《かんごし》が出ていったので、じいちゃんに小声で聞いた。

「きょうは何月何日なの？」

「九月十五日。」

「ぼくとじいちゃんが国技館《こくぎかん》へ相撲《すもう》を観《み》にいったのは、何日だったっけ。」

「太郎は、九月十一日に力士の下敷《したじ》きになって気を失い、そのまま四日間もねむりこけていただよ。」

むこうへ行っていた日数と、ぴったりあう。

「母さんも父さんも、店を休んでずっとつきっきりだったけんど、いまは、たまった用事をかたづけてくるって、店へ行っているだよ。」

「あしたからは、また店があけられるね。父さんが揚《あ》げた天ぷらを久《ひさ》しぶりに食べたい気分だ。」

「のどは、かわいてねえだか?」

「水を飲みたいな。」

「待ってろ。いまミネラルウォーターを買ってきてやるだ。」

五日間、やわらかい井戸《いど》水《みず》を飲んでいたので、ジュースなどではなく、つい「水を飲みたい。」といってしまった。

じいちゃんが出ていったので、ふとんの中の自分の服装《ふくそう》を見た。

千香《ちか》の父親に借りた着物とももひきすがたではなかった。パジャマを着ている。

寝《ね》ているあいだにこのパジャマに着がえさせてもらったんだろう。

——そうだ、じいちゃんに雷電《らいでん》の話をしてあげなくっちゃ。

ふと、手になにかをにぎっているのに気づいた。紙のようだ。

太郎は、起きあがってベッドのはしにすわりこんだ。

ゆっくりとにぎっていた紙をひらく。

西の大関《おおぜき》は、雷電為右エ門《らいでんためえもん》。東の大関は小野川才助《おのがわさいすけ》と書いてある。

夢《ゆめ》ではなかった。自分はほんとうにあの時代の江戸《えど》へ行って、いろんな人と会ってきたのだ。

千香は、けなげに明るく、いっしょうけんめい屋台を切《き》り盛《も》りしていた。

はるかさんは、不幸な目にあいながらも、かぎりなくやさしかった。

岩吉《いわきち》は、まっとうに生きようと必死で雷電の胸《むね》にぶつかっていた。

あけみちゃんは、いままでと変わらず雷電夫婦《ふうふ》にかわいがられながら、育っていくことだろう。来年の夏には、お墓《はか》へお参りに行こう。名前が消えていてほしいけど、たとえ、そのままだったとしても、雷電夫婦とともに静かにねむっているはずだ。

そして雷電……あの人は、力士としてだけでなく、ひとりの人間として、ほこり高く生きていた。「太郎吉《たろきっ》つぁん。ここはひとつ、捨《す》て身《み》のそこつ者ぶりを発揮《はっき》しておくんなんし。」というどっしりした声が、これからもおりにふれて、太郎の背中《せなか》を押《お》してくれるだろう。

出会ったひとりひとりから、とてもたいせつなものを手わたされたのだ。

あらためて思った。

岩吉やはるかさんがほんとうのところ、祖先《そせん》かどうかはわからない。でも、出会ったひとりひとりと、命がつながっている気がする。あの江戸時代に生きたひとりひとりの命を受けついで、いまの自分は生きているにちがいない。

父さんと母さんにもらっただけではない。ずっと昔の人たちから、つながってきた命なのだ。

ドアがあいて、ペットボトルを手にしたじいちゃんが、もどってきた。

「ほれ、太郎、飲め。」

「ありがとう。ぼく、気を失っていたあいだに雷電に会ってきたよ。」

「えっ、どういうことだ。おまえ、まさか頭がおかしく……。」

「でえじょうぶだよ。ほら、これがその証拠《しょうこ》さ。」

と、番付《ばんづけ》をじいちゃんにわたした。

最初は、国技館のお土産《みやげ》だと思ったようだ。でも、じっくりながめているうちに、じいちゃんの顔色が変わった。

「こ、これって、江戸時代の番付《ばんづけ》ではねえだか！」

「ほんものだよ。江戸時代に生きていた人たちは、いまも、ぼくたちといっしょに生きているんだね。」

太郎は、ほんとうに彼《かれ》らがいまもすぐ近くにいるような気がした。

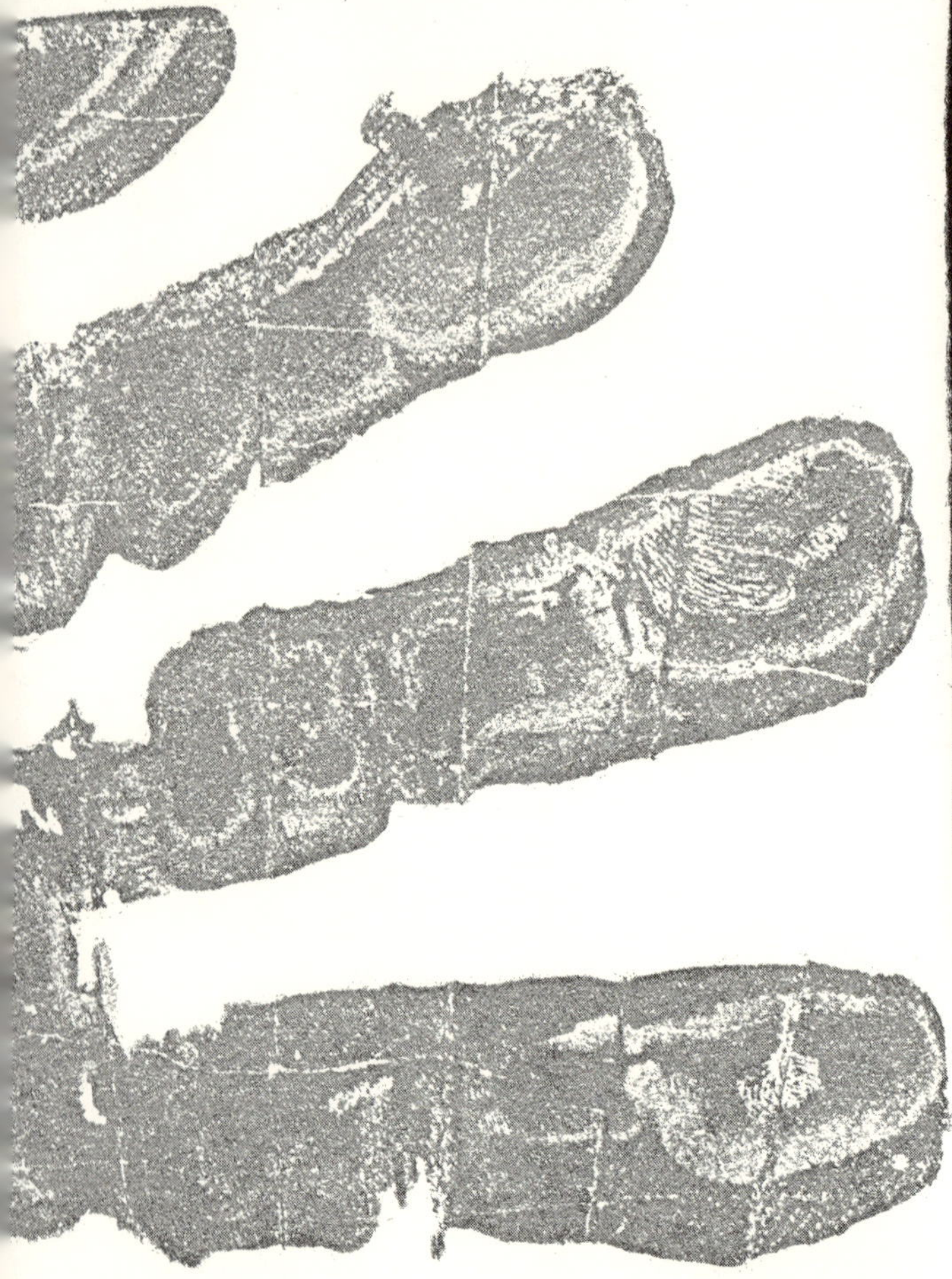

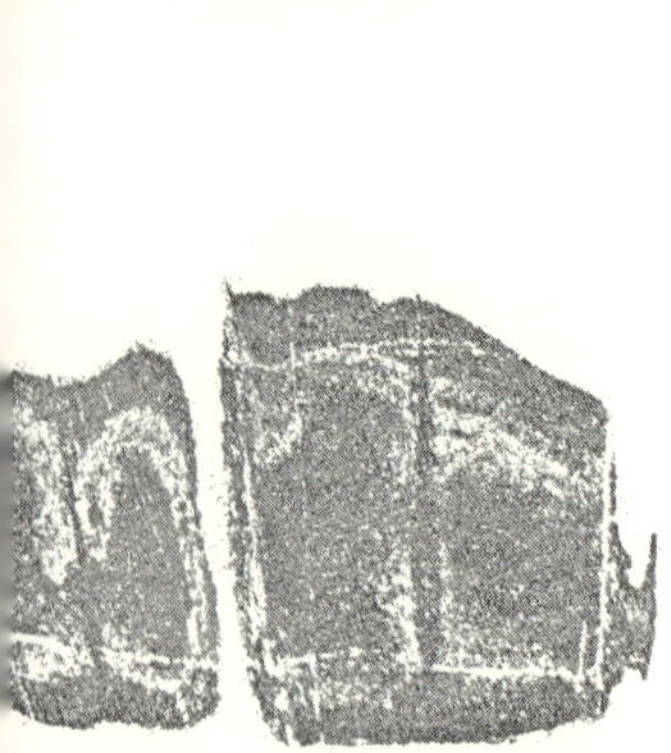

『はっけよい！雷電《らいでん》』の主人公・吉田太郎《よしだたろう》の自由研究

雷電為《ため》右衛《え》門《もん》関《ぜき》と大《おお》相撲《ずもう》のすべて

ぼく、太郎。こっちの世界にもどってきてから、雷電関のことや相撲の歴史をいろいろ調べてみたんだ。その成果を、ここで発表するよ。

その一

雷電関は、やさしい顔の「史上最強力士」だよ

錦絵《にしきえ》にかかれた雷電関。りっぱなあごと八の字まゆも特徴《とくちょう》だよ。（11ページ）化粧《けしょう》まわしの模様《よう》は、雷《かみなり》のイメージなんだって。

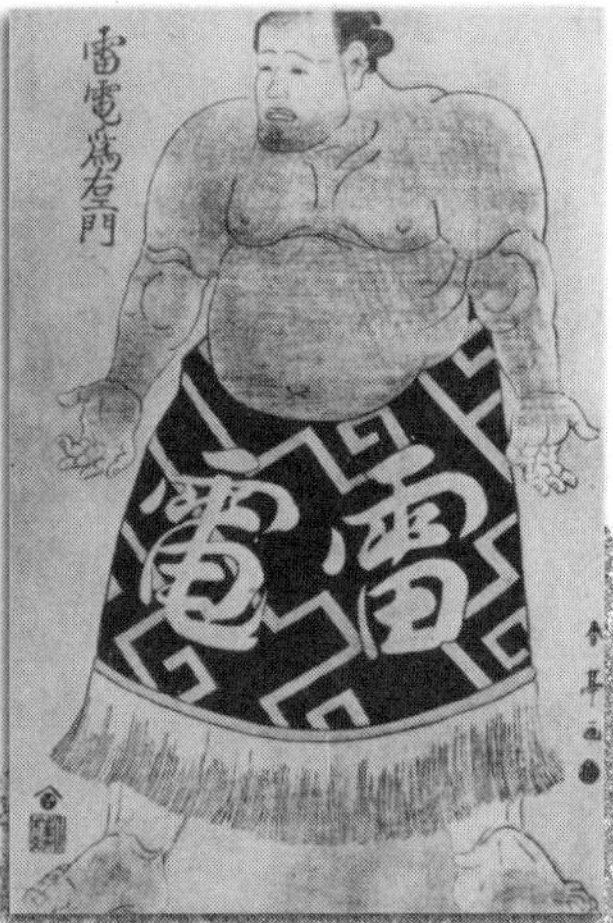

勝川春亭《かつかわしゅんてい》作

その二

雷電関の手のひらはこんなに大きいぞ！

雷電関の実物大手形を発見！　手首から中指の先までが約23・5㎝の超《ちょう》ビッグサイズで、この本の見開きに入りきらないんだ。（238ページ）

雷電為右衛門（1767年～1825年）

通算254勝10敗、勝率《しょうりつ》9割6分2厘《りん》の史上最強力士

（9、121ページ）

本名…関太郎吉《せきたろきち》

出身…信濃国《しなののくに》小県郡《ちいさがたぐん》大石村《おおいしむら》（いまの長野県東御市《ながのけんとうみし》）

初土俵《はつどひょう》…1790年11月場所（関脇付出《せきわけつけだし》）

引退《いんたい》…1811年2月場所

身長…197cm　体重…169kg

得意技《とくいわざ》…突《つ》っ張《ば》り、寄《よ》り

その三

相撲史《すもうし》に残る雷電関の記録

当時は年2場所、1場所10日間の開《かい》催《さい》だったから、いまの記録とは単純《たんじゅん》にくらべられないけど、生涯《しょうがい》で10敗しかしていないのは、さすが、雷電関だよ！（9、121ページ）

最高位…西大関《にしおおぜき》（番付《ばんづけ》に横綱《よこづな》という地位ができたのは明治《めいじ》時代になってからだった）

幕内《まくうち》通算…254勝10敗2分 14預《あずかり》5無41休（35場所）

勝率《しょうりつ》…9割6分2厘《りん》

優勝《ゆうしょう》相当成績《せいせき》…27回（全勝9回）

連勝記録…44連勝（1797年3月場所8日目～1799年11月場所9日目）

↑これも、勝川春亭作

その四

ぼくが選んだ明治以降《めいじいこう》の力士ベスト3

ぼくが選んだベストスリーは、双葉山関、大鵬関、白鵬関の3人だ。

双葉山関は、なんといっても69連勝がすごい。当時も年2場所だったから3年間負けなかったことになる。大鵬関は、おじいちゃん世代のヒーローだね。

白鵬関は、これから優勝回数の記録を何回までのばすかが楽しみだなぁ。（9～10ページ）

双葉山定次《ふたばやまさだじ》（1912年～1968年）

第35代横綱（1938年1月場所～1945年11月場所）
幕内通算…276勝68敗1分33休（31場所）
勝率…8割0分2厘　幕内優勝…12回（全勝8回）
連勝記録…69連勝

白鵬 翔《はくほうしょう》（1985年～）

第69代横綱（2007年7月場所～）
幕内通算…925勝167敗48休（75場所）
勝率…8割4分7厘
幕内優勝…37回（全勝12回）　連勝記録…63連勝
2017年1月場所終了《しゅうりょう》時の成績

大鵬幸喜《たいほうこうき》（1940年～2013年）

第48代横綱（1961年11月場所～1971年5月場所）
幕内通算…746勝144敗136休（69場所）
勝率…8割3分8厘
幕内優勝…32回（全勝8回）　連勝記録…45連勝

その五

これが江戸時代の番付！

西の大関・雷電為右衛門、東の大関・小野川才助《おのがわさいすけ》。ぼくが持ち帰ってきた、1797年10月場所の番付です。（54〜55、182ページ）

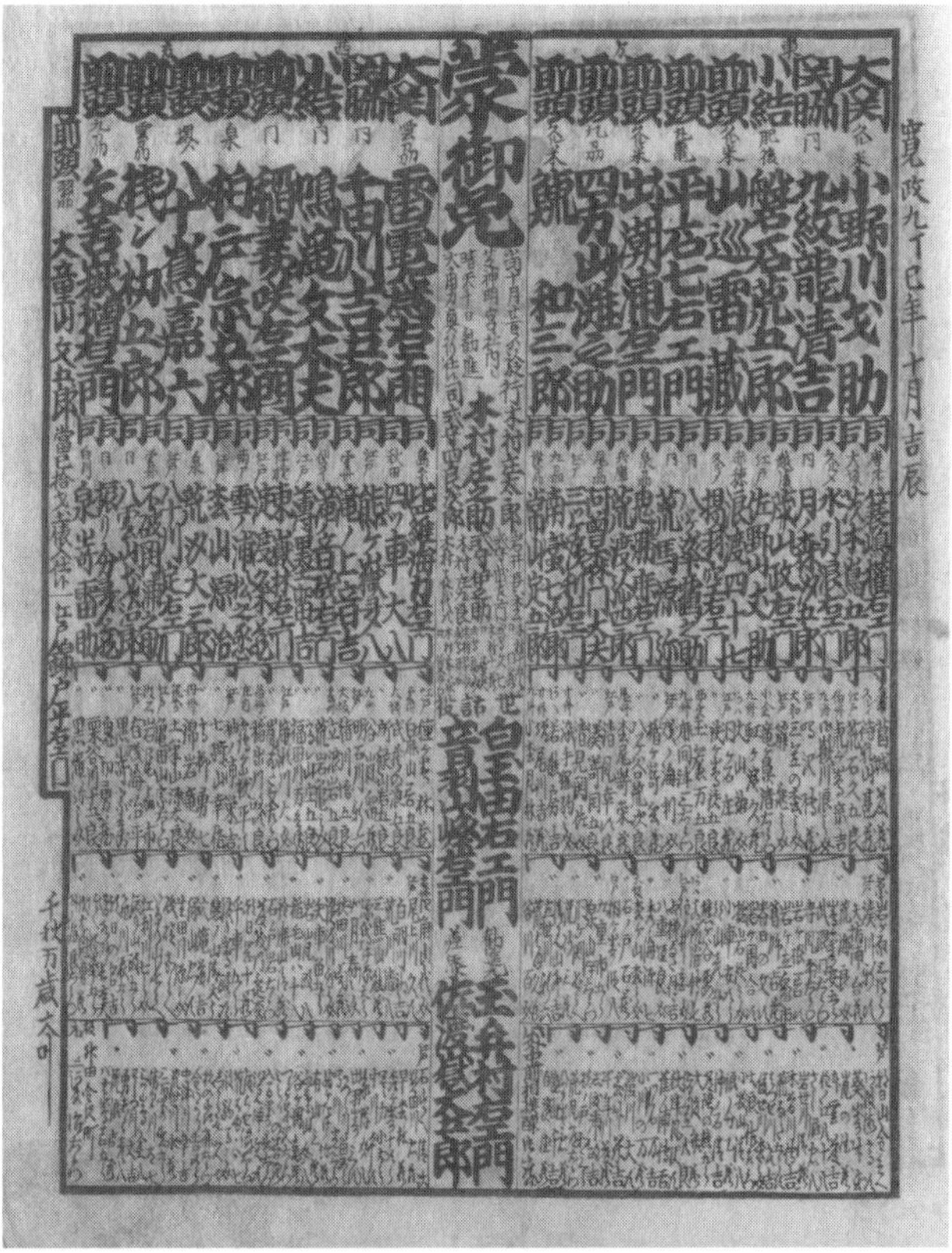

その六

雷電関のお墓《はか》を見てきました

千葉県佐倉市《ちばけんさくらし》にある雷電のお墓に行ってきました。八重《やえ》さんの菩提寺《ぼだいじ》だった浄行寺《じょうぎょうじ》の跡地《あとち》に行くと、雷電の家族の墓石には、あけみちゃんの戒《かい》名《みょう》「釈理暁童女《しゃくりぎょうどうじょ》」の文字がうっすらとほられて……合掌《がっしょう》。（63〜64、236〜237ページ）

雷電の墓石は、正面に雷電と八重さんの戒名が、向かって右の側面にあけみちゃんの戒名がきざまれていました。

吉橋通夫　よしはし・みちお
1944年、岡山県生まれ。法政大学卒。「季節風」同人。『たんばたろう』（TBSブリタニカ）で毎日童話新人賞受賞、『京のかざぐるま』（岩崎書店）で日本児童文学者協会賞受賞、『なまくら』（講談社文庫）で野間児童文芸賞、京都水無月大賞を受賞。ほかに、『風の海峡』（上下巻、講談社）、『すし食いねえ』（講談社）、『風雪のペン』（新日本出版社）などの著書がある。

写真　講談社資料センター、時事通信

はっけよい！　雷電《らいでん》

2017年3月21日　第1刷発行

著者……吉橋通夫《よしはしみちお》

発行者……鈴木　哲

発行所……株式会社講談社
東京都文京区音羽2—12—21
〒112—8001
電話　編集　03-5395-3535
　　　販売　03-5395-3625
　　　業務　03-5395-3615

印刷所……慶昌堂印刷株式会社

製本所……黒柳製本株式会社

本文データ制作……講談社デジタル製作

N.D.C.913　255p　21cm　ISBN978-4-06-283243-4